L'éternité n'est pas de trop

François Cheng

L'éternité
n'est pas de trop

ROMAN

Albin Michel

© Éditions Albin Michel S.A., 2002
22, rue Huyghens, 75014 Paris

www.albin-michel.fr

ISBN 2-226-12702-X

Avant-propos

Il y a trente ans, participant à un colloque, je séjournai à Royaumont. L'ancienne abbaye aménagée, entourée d'un grand parc bien entretenu, faisait de ce site un lieu idéal pour la rencontre. L'intime tête-à-tête entre les pierres ciselées et les arbres portant haut leur frondaison favorisait celui que les humains tentaient de nouer entre eux. Dans un environnement si propice à l'entente, nous étions sensibles au fait que, devenus des êtres de langage, nous avions naturellement vocation au dialogue.

Pourtant, au cours de ce colloque dont le thème était l'échange interculturel, j'ai pu mesurer combien un vrai dialogue entre les êtres et, a fortiori, entre les cultures est difficile. S'il ne se contente pas de propos superficiels, un dialogue exige des intervenants qu'ils dépassent les apparences – lesquelles n'offrent le plus souvent que des différences de surface –, et qu'ils acceptent de plonger dans la profondeur de leur être, là où résident les quelques questions fondamentales, donc universelles, qui se posent aux humains. La sincérité de la réponse en constitue l'intérêt. A charge pour les interlocuteurs de constater, si possible avec humilité, la part d'identité ou de différence entre ces réponses, et d'en tirer profit.

Devant parler de la culture de mon pays d'origine, un pays quitté une quinzaine d'années auparavant, j'éprouvais, afin d'alimenter mes réflexions, un besoin quasi charnel de me replonger dans maints livres autrefois assimilés, ou d'en consulter d'autres inconnus de moi. Ce fut alors que se produisit une coïncidence que je qualifierais de miraculeuse. L'un des responsables du colloque, un peu en passant, me signala que dans une grande pièce de l'abbaye étaient déposés en vrac une grande quantité de livres chinois, rapportés de Chine dans les années 1950 par un vieux sinologue, décédé depuis. Inutile de dire l'excitation qui s'empara de moi lorsque je pénétrai dans la pièce. Je retrouvai d'emblée les couleurs aux tons pastel des livres anciens, et le parfum de l'herbe séchée qu'ils dégageaient. Et leurs papiers souples, cousus de fils fins, comme ils étaient doux au toucher ! Ouvrant au hasard certains ouvrages plus usuels, je remarquai que beaucoup de pages portaient en marge des annotations, voire des propositions de traduction pour certaines phrases difficiles mais essentielles. Je songeai alors avec émotion aux longues années que le sinologue avait passées dans ce pays lointain, aux longues heures de lutte qu'il avait endurées en vue de dompter l'écriture idéographique.

Je ne tardai pas à me rendre compte qu'il s'intéressait en particulier à une époque, celle de la dynastie des Ming (1368-1644), comme l'attestaient, outre l'impressionnante collection de livres réunis là, plusieurs articles parus dans des revues. Je ne mis pas longtemps d'ailleurs à en saisir les raisons. Ce savant, qui cherchait à connaître la culture chinoise, et à entrer en dialogue avec elle, pouvait-il trouver meilleure époque, aussi riche et dans le même temps si prometteuse ?

La dynastie des Ming, en renversant la dynastie précédente, fondée par les Mongols, instaura en Chine un régime fort qui imposait un ordre implacable. Mais au fur et à mesure que le pouvoir se corrompait, le pays, à partir de la seconde moitié de la dynastie – qui correspond au milieu du XVIᵉ siècle et va jusqu'aux premières décennies du XVIIᵉ siècle –, aspirait au changement. Le contexte historique préparait la société à une lente mutation. A l'intérieur de l'empire, le développement des villes et l'intensification du commerce favorisaient la naissance d'une économie de type « précapitaliste ». Au-dehors, la Chine, qui jusqu'alors ne connaissait les pays étrangers, tels l'Inde et l'Iran, que par la route de la soie, découvrait les pays de l'Asie du Sud, grâce à quelques grands voyages maritimes entrepris par l'État. Plus tard, d'incessantes incursions des

9

pirates japonais dans les provinces côtières lui firent comprendre l'importance de ce pays voisin. C'était aussi l'époque où la culture de l'Europe, alors en pleine effervescence, commençait à pénétrer en Chine par le truchement des missionnaires jésuites.

Face à de telles conditions historiques, quelqu'un qui réfléchissait au devenir de la culture chinoise ne pouvait s'empêcher de remonter mille ans auparavant, quand un précédent montrait des visions encourageantes. En effet, après l'effondrement des Han vers le IIIᵉ siècle, la Chine, sombrée dans le désordre, avait été fécondée par des éléments venus de l'extérieur, plus précisément par l'introduction du bouddhisme, et avait connu déjà, sous les dynasties Tang (618-907) et Song du Nord (960-1127), une extraordinaire renaissance culturelle. Le bouddhisme, par son sens du péché et son souci du salut de l'âme, par les notions de niveau et d'étape dans la méditation, et par sa pratique de charité généralisée, a constitué un apport nouveau à la pensée chinoise. Pour revenir aux Ming qui nous occupent, la profonde mutation en question se traduisit par l'arrivée de toute une génération de penseurs indépendants, notamment ceux de l'école de Taizhou, un Wang Gen, un Li Zhi, qui s'insurgeaient contre la tradition. D'autres penseurs suivront, tels Wang Fu-zhi, Gu Yen-wu et Huang Zong-xi ; ce dernier alla jusqu'à remettre en question le bien-fondé du système impérial même. Sur le plan littéraire, s'affirmaient de grandes individualités, parmi lesquelles Zhang Dai et Li Yu, dont les œuvres sont de libres expressions d'une inspiration très personnelle. A côté, nouvelles et romans connaissaient un essor remarquable, où étaient poussées assez loin la description de la réalité et l'analyse de la psychologie des personnages. Tous ces frémissements suscitaient aussi d'éclatants échos du côté de la peinture, notamment avec l'avènement des peintres dits « excentriques », Chen Shun, Xu Wei, Chen Hongshou, suivis bientôt de Zhu Da, de Shitao, de Kuncan, etc. Toutefois, les possibilités d'un renouveau plus radical de la pensée furent stoppées net par l'invasion des Mandchous, à laquelle le régime pourri des Ming, miné par des révoltes et des soulèvements successifs, n'était plus en mesure de résister.

Je savais gré au sinologue d'avoir attiré mon attention sur cette époque si significative en soi et pour la culture chinoise moderne, qui, afin d'évoluer, se doit, comme toute culture, de dialoguer avec la meilleure part de ce qui lui vient d'ailleurs, et de m'avoir en outre fourni tous les matériaux nécessaires pour en mesurer l'ampleur et la richesse. Ce sentiment se transmua en une gratitude sans bornes lorsque, au milieu d'étagères couvertes de livres, je tombai sur un modeste ouvrage à l'aspect particulièrement anonyme intitulé : « Récit de l'homme de la montagne ». En préface, l'éditeur du manuscrit présentait l'auteur comme l'un des lettrés de la dernière période Ming qui, à l'arrivée des Mandchous, refusèrent de servir le nouveau régime. La plupart d'entre eux durent changer de vie, les uns devenant paysans, les autres, reclus dans quelque montagne sauvage, se consacrant à la composition de livres de réflexions ou de souvenirs. « Récit de l'homme de la montagne » racontait une passion vécue par deux personnages à la fois ordinaires et peu communs. L'auteur tenait cette histoire d'un témoin qui y avait joué un rôle. Ce dernier d'ailleurs apparaît dans le livre sous le nom de Gan-er.

Dès les premières pages, je plongeais dans la réalité chinoise la plus intime. Compte tenu des circonstances exceptionnelles où je me trouvais, j'étais dans un état de réceptivité non moins exceptionnel. Plusieurs nuits de suite, je suivais, captif, les méandres de l'histoire, incapable de penser à autre chose. Incapable de lire autre chose aussi, une fois le livre refermé. Finalement, contrairement à mon intention de prolonger mon séjour à Royaumont, je l'ai clos sur cette lecture. C'était il y a trente ans. Loin de l'oublier, j'en gardais une nostalgie toujours plus vive. Vingt ans après, j'eus l'occasion de retourner à Royaumont. Je voulais naturellement renouveler mon enchantement de jadis ; mais à ma stupéfaction puis à mon désespoir, impossible de mettre la main sur l'objet désiré ! Il avait disparu des rayons. Je n'étais donc pas seul à avoir été attiré par lui... Dans quelle main jalouse se trouve-t-il désormais ? Le retrouverai-je jamais ? Dans un sursaut, je pris alors la résolution de restituer de mémoire toute la substance de cette aventure tant charnelle que spirituelle. Les imprévus de ma vie m'ont retardé dans la réalisation de ce vœu. Ai-je réussi aujourd'hui à rendre ne fût-ce qu'une parcelle de ce qui m'avait tant marqué ? Je ne me le demande pas, sachant combien je n'ai fait qu'obéir à une nécessité qui venait de loin.

D'aucuns pourraient se demander pourquoi « l'homme de la montagne » qu'est l'auteur, ayant été témoin d'une époque de bouillonnement sur le plan de la pensée, et de bouleversement qui se traduisit par l'effondrement de la dynastie, s'est consacré à un récit de passion amoureuse, sujet apparemment restreint qui ne touche que le cœur de deux individus particuliers. Pour ma part, je ne m'en étonne pas outre mesure. Je conçois bien que l'auteur, afin de transcender les tourments de son époque, ait eu recours à un sujet pour ainsi dire « intemporel ». Et surtout, je ne manque pas de constater que la véritable passion amoureuse n'est pas seulement affaire du cœur et des sens. Elle relève éminemment de l'esprit, tant il est vrai que la passion la plus haute, la plus sublimée, s'épanouit souvent, certes, dans un contexte de contraintes sociales, mais combien aussi dans un terreau de recherches et d'interrogations spirituelles ; c'est bien le cas de cette période de la fin des Ming. Par l'idéalisation du sentiment humain, ou par un élan proprement mystique, les partenaires s'engagent dans un processus de dépassements continuels.

A ce propos signalons qu'au cours de ce récit, l'auteur parle de la rencontre entre le personnage principal et un religieux étranger, venu de l'« Océan de l'Ouest ». Vu l'époque, il ne peut s'agir que de l'un des tout premiers jésuites qui ont pénétré en Chine. On sait que certains d'entre eux, une fois installés en Chine, notamment à Pékin, ont mené un dialogue à un très haut niveau avec des lettrés chinois. Tout en se laissant séduire et imprégner par certaines idées fondamentales du confucianisme – dignité de l'homme qui participe en troisième à l'œuvre du Ciel et de la Terre ; vertus d'humanité qui poussent l'homme à grandir et à s'ouvrir à ce qu'il y a de plus haut en lui –, ils ont converti de grands lettrés, des membres de la famille royale, ainsi qu'un nombre important de gens du peuple. Mais dans le présent récit il n'est pas question de discussions approfondies, encore moins de conversion : le missionnaire était en route pour la capitale et les circonstances qui réunissaient le Chinois et l'Européen étaient provoquées par les accidents de la vie. Néanmoins, tel quel, ce témoignage historique est tout à fait précieux et intéressant. La rencontre entre ces hommes prend un aspect abrupt et pour ainsi dire naïf, faite d'abord d'étonnement, puis de sympathie naturelle, même si la vraie compréhension – si elle doit avoir lieu – ne saurait venir que plus tard. Comme le dit l'auteur, quand chacun des interlocuteurs vient de si loin, il faut du temps pour se comprendre. On s'écoute, mais on ne s'entend pas, ne fût-ce que sur le plan du vocabulaire. Sauf pour ce qui touche les points sensibles en chacun de nous. Le personnage principal, soumis aux tourments de l'amour, subissant l'épreuve de l'inaccessibilité corporelle, résonne à sa manière aux propos de l'étranger sur la dimension mystique de l'amour et sur l'immortalité de l'âme. En fin de compte, une rencontre authentique se situe toujours à un niveau plus profond ou plus élevé, ouverte sur l'infini, comme celle que peuvent vivre, justement, l'homme et la femme. Par-delà les paroles, un regard, un sourire suffit pour que chacun s'ouvre au mystère de l'autre, au mystère tout autre.

1

Ce matin-là, comme prévu, Dao-sheng descend de la montagne.

Le soleil atteint déjà la cime des arbres. Normalement, il aurait pu partir plus tôt. Au monastère, tout le monde s'était levé dès le chant du coq ; il a néanmoins tenu à effectuer certains actes quotidiens. Après le petit déjeuner, il est allé d'abord tirer de l'eau du puits et ramener deux seaux d'eau pour les verser dans la grande jarre, à côté de la cuisine. Ensuite il a coupé du bois en bordure du potager, non sans avoir rangé soigneusement les bûches sous l'abri. Pour finir il a participé à la séance matinale de prières chantées en compagnie des moines taoïstes. A la suite de plusieurs décès, ceux-ci ne sont plus que sept ; à l'exception de deux, relativement plus jeunes, les autres sont tous d'un âge certain. Qu'il ait accompli ces actes, c'est certes pour aider, mais bien plus mû par un sentiment d'attachement. Au cours de son existence, il a eu à vivre successivement, et durant de longues années, dans deux monastères taoïstes, sans être pour autant devenu un moine consacré, il n'est donc pas encore parvenu à l'état de *wu-qing*[1]. En partant cette fois-ci, il ignore quand il reviendra, s'il reviendra ; bien que sur ce dernier point il reste totalement discret. La raison qu'il a donnée de son voyage est qu'il comptait passer un temps du côté du chef-lieu du district. Dans sa jeunesse il avait séjourné là-bas. Ce désir de revisiter un lieu du passé est compréhensible pour tous. Toutefois, depuis plus de trois ans qu'il vit dans ce monastère, sa présence est hautement appréciée du fait qu'il connaît la médecine : les moines malades trouvent un appui auprès de lui. Par ailleurs, il ne manque pas non plus, parmi les pèlerins, de gens qui montent ici en palanquin pour se faire soigner. Aussi détachés soient les moines, ils ne peuvent s'empêcher d'éprouver une sensation d'abandon devant ce départ ; ils formulent en secret le souhait que son absence ne soit pas trop longue.

D'ordinaire, pareil à tous, il porte la robe longue des moines. Ce jour-là, pour la route, il s'habille court : tunique, pantalon, une large ceinture de tissu autour de la taille à l'intérieur de laquelle est cousue une bourse et, au-dehors, pendu un bol en fer. Marcher à pied, faire longue route ne l'effraie point ; il en a l'expérience, c'est sa vie même ! Il sait comment se

---

1. Détachement total.

rendre léger, n'emmenant avec lui que le minimum : vêtements et objets d'usage, aiguilles d'acupuncture, plantes médicinales, ainsi que quelques livres de divination, le tout bien roulé dans une couverture de coton, elle-même enveloppée dans un tissu huilé imperméable. Le baluchon ainsi ficelé paraît assez volumineux, mais ne pèse guère quand il le porte sur son dos. Après avoir pris congé de tous, du même geste cérémonieux, il met son chapeau de paille. Un long bâton à la main, le voilà engagé dans le sentier en pente.

On est au milieu du troisième mois. Au sommet, la brume reste encore dense ; la froidure pénètre le corps. A pas lents, il marche à travers les herbes sauvages dont le sentier est envahi. Il se félicite de porter ses sandales de paille, sinon sa paire de chaussures en tissu et à semelles épaisses serait vite trempée et hors d'usage. Ses chaussettes sont immédiatement mouillées, mais comme les sandales sont ajourées, elles sécheront dès que le soleil apparaîtra. Durant tout l'hiver peu de gens sont montés au monastère. Le printemps s'est installé depuis peu, le sentier est parsemé encore de nids-de-poule et de cailloux dus à la pluie. Tout cela lui importe peu. Ouvrant le chemin, il fait activer ses membres engourdis par la vie sédentaire. Un sentiment d'excitation le gagne. Il s'efforce d'avancer cahin-caha à un rythme soutenu, et la nature semble faire écho favorablement à ses pas. Soudain, un lièvre traverse le chemin. D'instinct il allonge son bâton pour le frapper. Mais aussitôt il se reprend :

— Tu es donc toujours aussi impulsif ! Pas étonnant que le Grand Maître ait dit que tu avais encore du chemin à faire pour devenir prêtre taoïste.

Au bout d'un moment, il se sermonne à nouveau :

— Fais attention ! Ce voyage-ci n'est pas comme les autres, tu dois absolument te comporter en *zhen-ren*[1]. Il n'y a qu'avec un cœur vrai que tu as une chance de toucher le Ciel.

A mi-pente, il ne se sent pas tout à fait fatigué, cependant il s'arrête. D'après son calcul, il a largement le temps d'arriver le soir au bourg de Jie-shi qui se trouve à distance raisonnable de la montagne ; il n'y a pas lieu de se presser outre mesure. Plus loin, sous le grand pin, s'étale un immense rocher carré et plat. Assis sur le rocher, on peut contempler à loisir toute la vallée qui s'étend en bas. La brume s'est dissipée. De loin en loin, on aperçoit de minuscules maisons formant villages. Là-bas, à l'extrême bout, s'élèvent des fumées ; et derrière ces fumées, on croit deviner la présence de la ville et des bourgs avoisinants. C'est là le but de son voyage. Pour l'atteindre, il lui faudra encore un ou deux jours de route et, sauf imprévus, il a bon espoir d'y arriver au plus tard le quatrième jour.

---

1. « Homme véritable », selon les préceptes taoïstes.

Midi est passé, un soleil généreux se montre. Depuis les feuillages qui filtrent la lumière, de temps à autre des corbeaux s'envolent à tire-d'aile. Pendant ce temps, très haut dans le ciel, deux ou trois aigles tracent sans fin d'invisibles cercles. L'idée traverse l'esprit de Daosheng qu'il est encore vivant, un homme dans sa cinquante-quatrième année. Un voyage de plus ne lui fait pas peur, bien qu'il ait l'intuition que ce sera l'un des derniers. La personne qu'il va voir est-elle encore en vie ? A cette pensée il fait un geste pour chasser les guêpes qui l'importunent, comme s'il ne voulait pas trop s'attarder sur le sujet. Il remet le baluchon sur son dos et reprend son chemin.

A mesure qu'il s'approche du pied de la montagne, la pente s'adoucit. Sur ce versant sud, le climat est plus favorable. Commencent à apparaître tout autour des champs en terrasses. A côté des rizières on voit d'autres cultures, de maïs, de soja et de canne à sucre. Plus loin se profilent aussi des champs de thé. Bientôt des habitations affluent. Autour d'elles, on se laisse séduire par les étendues de bambous, de vergers et de terrains plantés de gros légumes dont les teintes émeraude scintillent dans les rayons obliques du soleil. « Voilà le paysage typique du *Jiang-nan*[1] », se dit Daosheng. Toute cette région, ne l'avait-il pas parcourue jadis avec la troupe de théâtre ? Mais à ce moment-là

---

1. Sud du Fleuve.

on allait par monts et par vaux ; pas un seul moment de répit pour regarder le paysage ! Il y a trois ans, à partir des régions du Nord, il avait franchi le fleuve, mais une fois sur la rive sud, il était monté directement sur la montagne par son versant nord. C'est donc seulement maintenant qu'il plonge réellement dans le paysage du Sud dont le charme, par contraste, lui saute aux yeux. Au sommet, on respirait l'immémoriale senteur des pierres moussues et des arbres sans âge. Ici l'air embaume d'arômes de fleurs et de fruits, mêlés à de fortes odeurs de vin venant de quelque fabrique proche. Une sensation d'ivresse parcourt les membres du voyageur.

Continuant à marcher, Dao-sheng voit venir en sens inverse deux palanquins. Il s'apprête à céder le chemin lorsque de l'un d'eux sort une voix d'homme : « N'est-ce pas vous le médecin de là-haut ? » Sur sa réponse positive, l'homme fait arrêter la chaise et en sort précipitamment ; il explique à Dao-sheng qu'il emmène justement sa femme malade au monastère. Apprenant que celui-ci n'y remonte pas, il se met à genoux et le supplie de donner une consultation à sa femme séance tenante. Celle-ci se trouve dans la seconde chaise que Dao-sheng fait poser au bord de la route, il voit en effet qu'elle est très mal en point. Après que la malade lui a donné des détails, il examine sa langue, regarde ses yeux en écartant les paupières et tâte son pouls. Il conclut qu'elle est atteinte de la fièvre

typhoïde. Une maladie aussi grave exige des soins suivis, ce qui est impossible dans la situation présente. Il
ouvre son baluchon, sort ses meilleurs médicaments
tout en indiquant avec patience d'autres plantes à
ajouter, ainsi que les doses nécessaires pour en préparer
des décoctions. C'est tout ce qu'il peut faire. Quant à
en mesurer l'effet, il faut s'en référer au Ciel. Le mari
se confond en reconnaissance, tient à le récompenser
à prix d'or. Dao-sheng refuse et lui explique que
n'étant pas médecin officiel il respecte depuis toujours
le principe selon lequel il ne prend pas l'argent tant
que le malade n'est pas guéri. Le mari insiste encore,
Dao-sheng ne cède pas et se contente de dire : « Si
jamais elle est guérie, vous pouvez envoyer une somme
d'argent au monastère taoïste du bourg de Bai-he qui
se trouve au sud du chef-lieu du district. »

Dao-sheng est pressé de se rendre à destination ; il
ne veut pas faire des arrêts imprévus en route. Il sait
que, s'il s'attarde, les nouvelles vont se répandre et
bien d'autres malades vont venir au-devant de lui. Il
n'oublie pas qu'en dehors de soigner des malades sa
profession principale est tout de même la divination.
Celle-ci ne propose-t-elle pas le précepte : « Faire ce
que l'humain peut, laisser le Ciel faire le reste » ? En
effet, une fois que les conditions et les chances sont
réunies, et que l'homme a réalisé ce qui est en son

pouvoir, ce qui ne doit pas venir ne viendra pas, et ce qui doit venir viendra. Ayant pris congé du couple, il repart. Bientôt il s'introduit sans transition dans la plaine et rejoint le rang des voyageurs qui marchent sur une route poudreuse, creusée par endroits d'ornières, mais plus large. A l'entrée d'un des villages qui bordent la route, sous un grand sophora, est dressé un étal où l'on vend du thé et des nourritures. Il demande un thé aux chrysanthèmes qu'il sait être le plus désaltérant, le boit à petites gorgées en grignotant des cacahuètes. Puis, sentant la faim, il avale encore quelques galettes au sésame. Ainsi ragaillardi, il entame le dernier trajet de la journée. Il longe à présent la rivière, alors que la vallée s'élargit, repoussant de plus en plus loin les collines qui l'encadrent. Naît en lui le double sentiment que connaissent tous les vagabonds : d'un côté cette impression d'une liberté sans contrainte et de l'autre la nécessité tout de même de choisir une direction, de se demander dans l'immédiat où passer la nuit. A l'horizon, le soleil commence à toucher la ligne des collines. Escomptant arriver au bourg de Jie-shi pour dormir, il presse le pas.

Au moment où il parvient à Jie-shi, les boutiques ont déjà rentré leurs lanternes. Il se dirige vers le bout de la grand-rue, du côté du pont, là où se trouve l'ancienne auberge. Une fois arrivé, il constate que tout demeure pareil à autrefois, le même bruit que fait le courant de la rivière, la même façade de guingois.

24

Il frappe à la porte et attend. Une femme d'âge moyen vient lui ouvrir, suivie d'un homme, apparemment le patron. Sans entrer, Dao-sheng explique qu'il aurait pu passer la nuit dans le bourg précédent, mais qu'il tient à venir jusqu'ici parce que, une trentaine d'années auparavant, il avait passé plusieurs nuits à l'auberge avec une troupe de théâtre. Le patron répond spontanément qu'il était alors très jeune, mais qu'il s'en souvient bien. D'une seule voix, mari et femme invitent chaleureusement le voyageur à entrer. Toutefois, le feu étant éteint, ils se montrent perplexes lorsqu'ils apprennent que celui-ci n'a pas encore dîné. Mais bientôt un sourire s'esquisse sur le visage de la femme ; elle pense à la grande marmite de bœuf aux cinq parfums qui a mijoté toute la soirée et qui est restée chaude. Ce plat prévu pour un mariage d'une famille le lendemain, on peut parfaitement en prélever une petite portion pour l'hôte inattendu ! L'instant d'après, Dao-sheng, attablé, voit poser devant lui un grand bol de viandes qui dégagent une vapeur appétissante, non sans que la maîtresse de maison le complète d'une assiette de *pao-cai*[1] et d'un pichet de vin. Dao-sheng ne dit rien sur son état de semi-taoïste qui observe le régime végétarien. Devant la chaleur de ses hôtes et devant un tel banquet, son estomac ne résiste pas. De bon cœur il vide le bol bien rempli et tout le

---

1. Légumes marinés.

pichet de vin. Passablement ivre, il se dit : « Cette première journée s'est bien passée, c'est de bon augure. » Du moins sa peur d'affronter l'inconnu s'en trouve allégée.

2

Après trois jours de marche, le voyageur arrive au chef-lieu du district. Il est midi. Fatigué, le ventre creux, il ne cherche pourtant pas à manger et se dirige tout droit vers le *ya-men*[1]. L'imposant bâtiment paraît plus décrépi qu'autrefois ; le grand panneau horizontal et les deux piliers parallèles ont leurs peintures écaillées, sans que pour autant l'aspect sévère et menaçant de l'ensemble perde de sa majesté. Comme il ne sied pas de stationner devant, Dao-sheng choisit de s'accroupir plus loin dans un square d'où il a une vue oblique sur l'édifice officiel. De temps à autre des passants, nombreux à cette heure-ci, le heurtent, au risque même de le piétiner, il n'en a cure. Par rapport à ce qu'il a subi jadis, ces anodines bousculades ne comptent pour rien. Plus de trente ans après donc, il revient en ce lieu maudit. N'est-ce pas d'ici qu'il était parti ? Assis dans la charrette, les pieds enchaînés, le

---

1. Gouvernement local.

corps lié à ses compagnons d'infortune par de grosses cordes, il commençait dans un tohu-bohu grinçant sa vie de bagnard. Vers quelle destination ? Personne n'osait le demander. C'était inutile d'ailleurs, tous les lieux ne sont-ils pas pareils ? Dès cette époque déjà l'empire des Ming allait à vau-l'eau. Banditisme et révoltes commençaient à se répandre. Il y avait des corvées à faire partout. Tout ce qu'on savait, c'était qu'on partait pour les régions du Nord. Ils ont été d'abord du côté de Luoyang et de Kaifeng pour consolider les fortifications ; ensuite c'était pour colmater les digues le long du fleuve Jaune. Quel malheur ! On ne comptait plus les morts. Plusieurs milliers de personnes, entassées sur les digues dans des abris précaires. Ceux qui sont tombés en hiver au milieu des glaçons, ceux qui ont été décimés par les épidémies en pleine chaleur. Sans parler des malheureux emportés par les flots lorsque les digues rompaient. Lui, Dao-sheng, s'il ne s'était enfui lors d'un sauvetage, il aurait eu tôt fait d'y laisser ses os blancs en plein dans l'argile rouge ! Après sa fuite, en combien de lieux a-t-il pérégriné ? A cause de durs travaux, il avait les doigts blessés et le poignet raidi. Ne pouvant plus reprendre le violon, il dut pour survivre accepter toutes les besognes ingrates, y compris celles que lui confiaient les malfrats. A deux reprises, il faillit être rattrapé en raison de son identité douteuse. Arrivé dans le An-hui, près de la ville de Xuan-cheng, il décida de se rendre à un monastère taoïste sur le mont Huang. Le Grand Maître par pitié le recueillit et lui donna le nom de Dao-sheng. Plein de gratitude, il servait le Grand Maître avec un dévouement exemplaire. Parmi les disciples, il y en avait un qui s'appelait Yun-xian. Étant le plus doué, il devait recevoir la transmission de l'enseignement du maître. Malheureusement il mourut jeune. Ayant remarqué la vive intelligence de Dao-sheng, bien que celui-ci ne montrât pas une vocation particulière pour la vie monastique, le maître décida de lui enseigner, ainsi qu'à quelques autres, l'art de la médecine et de la divination, afin que maintes recettes secrètes ne soient pas perdues. Il resta au service du monastère jusqu'à la mort du Grand Maître. Au total, treize années. Il descendit alors de la montagne, cette fois-ci sans crainte de mourir de faim.

A demi taoïste, il logeait dans les monastères. Avec ses connaissances en médecine et en divination, il pouvait aller où il voulait. Y a-t-il une contrée où il n'y a pas de malades ? Y a-t-il un pays où les gens n'interrogent pas l'avenir ? Là-dessus, dix années se sont écoulées. Sa taille s'est épaissie, sa figure s'est burinée et ses cheveux sont plus clairsemés.

C'est ainsi qu'une vie a passé. Est-ce tout à fait vrai ? A-t-il vraiment vécu, tant que ce souvenir est suspendu là comme hors d'atteinte ? Ce souvenir qui n'a de cesse de resurgir même au moment où l'on croyait l'avoir oublié. La scène qui l'a saisi jusqu'aux tripes et dont il ne pourra plus se défaire. A présent, lorsqu'il y pense, il se demande si elle était vraie ou seulement rêvée. Bien entendu, elle était vraie, sinon pourquoi a-t-il été banni et envoyé aux travaux forcés ? Pourquoi aurait-il franchi montagnes et fleuves pour revenir ici, comme obsédé par une idée fixe ?

Revenir ici n'a pas été chose simple. Plus de deux ans auparavant, venant du nord, il avait franchi le fleuve pour gagner la rive sud, il lui suffisait alors d'une dizaine de jours de route pour parvenir au chef-lieu. Il avait hésité. Revenir pour quoi faire ? Tirer au clair la situation, à quelle fin ? Savoir si elle était en vie, si elle vivait dans la famille Zhao, comment elle vivait ? Et après ? Aurait-il l'intention d'aller se venger de ce Deuxième Jeune Seigneur Zhao, qu'on doit appeler maintenant Deuxième Seigneur tout court ? D'ailleurs vivait-il encore, lui aussi ? Tout cela était à ce point imprévisible et impossible à dévisager. Il avait donc hésité. Lui qui était spécialisé dans la prédiction du destin des autres était incapable de rien présager pour lui-même ! Il escalada alors le mont Gan, celui-là même qu'il venait de quitter il y a quatre jours. Dans le monastère où il s'était réfugié il pensait pouvoir accéder au renoncement. Néanmoins, quels que soient les méditations et les exercices de vacuité qu'il s'impo-sait, il ne réussissait pas à enlever l'idée fixe qui l'habitait. D'autant plus que par temps clair, depuis le sommet, sa vue était attirée irrésistiblement vers le fin fond de la vallée où, à travers les fumées, on devinait la présence de la grande ville et ses bourgs environnants. En réalité, du fait même de ses méditations, il avait la claire conscience qu'il était venu au monde pour connaître et pour accomplir ce qui l'obsède. Quoi qu'il advienne, cette passion germée dans son cœur était désormais indéracinable ; rien ne pouvait plus faire qu'elle ne vive jusqu'à son terme.

Dans une échoppe non loin du *ya-men*, Dao-sheng avale en vitesse un bol de soupe aux nouilles, s'essuie la bouche et prend la direction de la porte Sud du chef-lieu. Sorti de la ville, encore quelques *li* et le voilà aux abords de Bai-he. Ce bourg, destination du voyageur, est aussi animé, sinon plus, que la grande ville. Il y a de tout ici, monastère taoïste, temple bouddhiste, marchés, auberges, un endroit idéal pour habiter et pour exercer son métier. Quant au domaine de la famille Zhao, il n'est distant d'ici, il le sait, que de cinq *li*.

S'étant enquis du monastère taoïste, Dao-sheng enfile ruelles et passages pour aboutir à un quartier plutôt calme ; le monastère est là, entouré de maisons d'aspect assez pauvre. Il pousse la porte, franchit le seuil, traverse la cour de devant et se trouve nez à nez avec le *fang-zhang*[1]. Il lui suffit de quelques phrases pour expliquer sa provenance. Aussitôt le maître le conduit dans la cour arrière. Là, au bout d'un passage intérieur, ils pénètrent dans une petite pièce meublée uniquement d'une table et d'un lit. Le volet à petits carreaux couverts de papier translucide laisse filtrer le jour. Comme personne ne peut passer devant, la pièce, bien qu'exiguë, est particulièrement tranquille. C'est exactement ce que souhaite Dao-sheng. En raison de son statut particulier, il propose de payer une somme mensuelle à la communauté, tout en participant aux menues tâches matérielles.

Plusieurs jours après son installation, il se rend au centre du bourg pour présenter ses salutations au Grand Moine du temple bouddhiste. Il se trouve en présence d'un homme de haute stature, au front large et au regard pénétrant, apparemment digne de sa réputation de moine vertueux. Le temple, très fréquenté, ne désemplit pas à longueur de journée. On y brûle de l'encens, on y prie, on y vient entendre chanter les litanies. Au-dehors l'animation est intense aussi ; une foule s'active dans les rues commerçantes alentour. Dao-sheng demande la permission d'installer un éventaire à droite des marches du temple pour exercer la physiognomonie et la divination. Voyant que le Grand Moine montre des signes de perplexité, il tente de

---

1. Maître du monastère.

s'expliquer davantage. Il affirme ne pas être prêtre taoïste mais avoir étudié durant plus d'une décennie auprès d'un grand maître taoïste l'art de la divination et également de la médecine. Sans avoir le statut de médecin officiel, il connaît de nombreux remèdes thérapeutiques, et il pratique l'acupuncture. Il a l'habitude de proposer ses recettes lorsque les médecins officiels se montrent impuissants. D'après son expérience, il obtient souvent des résultats positifs, notamment dans les cas de paludisme, de dysenterie, de typhoïde, des maladies du foie et de la rate, de l'arthrose et des rhumatismes, ainsi que certaines maladies des femmes. N'étant pas médecin officiel, il ne prend pas d'honoraires tant que le malade n'est pas guéri.

Son discours plein de bon sens, son attitude sincère et volontaire ont fini par toucher son interlocuteur. Du moins celui-ci a-t-il accordé une période d'essai qui, en réalité, ne durera pas longtemps. Au bout d'un ou deux mois, le Grand Moine lui témoigne non seulement de la confiance mais de l'amitié. Depuis plusieurs années, celui-ci souffrait justement d'un rhumatisme sévère, et avec les soins prodigués par le médecin itinérant il connaît une amélioration notable. Par ailleurs, le mari de la femme atteinte de la fièvre typhoïde est venu régler ses honoraires au monastère. Avant de repartir, il va brûler de l'encens au temple et ne tarit pas d'éloges sur leur sauveur. Le pressentiment de bon augure qu'il a éprouvé la première nuit de son voyage, Dao-sheng l'éprouve à nouveau, bien qu'il ignore encore si le vrai but de son voyage se révélera ou non une chimère.

En attendant, sa vie entre dans une certaine régularité. Chaque soir il regagne le monastère et dîne avec les taoïstes. Le matin, après avoir aidé à diverses tâches, il se rend au temple bouddhiste. A côté des marches, il dresse son éventaire et donne des consultations. A midi, il prend son repas au hasard des échoppes qui abondent à droite ou à gauche. Il commence à se familiariser avec tout le quartier autour du temple. Assis derrière son étal, il jouit de conditions favorables pour observer la vie trépidante qui se déroule autour de lui, avec ses mouvements incessants, ses couleurs bigarrées et le vacarme où se mêlent bruits de véhicules et cris lancés à tout bout de champ par les humains. Sans parler des odeurs dont l'air est imprégné, de vins, d'épices, d'huiles de toutes sortes, de viandes et de galettes qu'on grille, de troupeaux de bêtes qui passent. La place devant le temple est spacieuse. Au-delà, une large rue s'ouvre vers le lointain. A l'oblique du temple, s'élève un autre édifice, de plus petite dimension, consacré aux dieux de la Terre, et qui contribue à attirer la foule. Les croyants qui viennent brûler des bâtons d'encens au grand temple sont d'une étonnante variété. En plus des habitants du bourg, il y a les paysans venus des campagnes environnantes. Au petit peuple se mêlent de temps à autre des dames richement parées ou quelques hauts dignitaires en veine de dévotion. On entre, on sort, on se pousse, on s'évite, l'atmosphère générale reste harmonieuse. Qu'il y ait tant de monde qui fréquente le temple est sans doute lié à la situation du pays, où révoltes et soulèvements sont de plus en plus fréquents. La province où l'on est compte parmi les plus riches ; mais à la suite de plusieurs années de mauvaises récoltes, troubles et banditisme se sont multipliés. A présent qu'on a accru les forces de l'ordre, la région a retrouvé momentanément son calme mais l'esprit des hommes se voile pourtant d'inquiétude. Pour cette raison Dao-sheng ne chôme pas tant la divination paraît le seul remède qui puisse apporter assurance et apaisement.

Les jours passant, Dao-sheng a fait connaissance avec tous les personnages qui comme lui font partie du décor. Ce mendiant boiteux à qui il manque un bras ; cette vieille femme bossue qui marche pliée en deux ; ce barbier jovial qui blague à tout propos ; cette grosse dame enceinte, portant dans ses bras un bébé et suivie d'un autre enfant, sa manière à elle de conjurer le mauvais sort qui a fait mourir tant de ses enfants en bas âge ; ce *xiu-cai*, un bachelier qui s'est présenté déjà huit fois aux examens officiels et qui ne manque pas d'avoir recours à la divination avant chaque examen, il a lui aussi un étal où il exerce le métier d'écrivain public ; ce groupe de voyous qui importunent les petites servantes qui ont la malchance de se trouver sur leur chemin ; ce gros boucher qui court les tavernes au moindre moment libre pour fuir la tyrannie de sa mégère de femme... Tous ces êtres sont là, sans qu'il y en ait un dont le visage et les lignes de la main soient pareils à ceux d'un autre. « Ce bas monde est vraiment d'une diversité incroyable », ainsi raisonne Dao-sheng. Les visages ne sont pas pareils, il en va de même pour le destin de chacun, les heureux, les malheureux, les enviables, les pitoyables ; est-ce que l'idéal serait que tous aient une figure identique, un destin identique ? Peut-être pas. Si c'était le cas, comment chacun pourrait-il porter un nom ? Comment pourrait-on être saisi d'admiration devant un homme aux vertus exceptionnelles, ou avoir le cœur qui bat devant une beauté sans pareille ? Ce serait comme de manger chaque jour le même plat. Ce serait le comble de la monotonie et de l'ennui. Plus il y a de gens différents, plus c'est intéressant. Regarde ces Persans qui habitent le chef-lieu et qui font le commerce de tapis et de miroirs, avec leur teint mat, leurs yeux profonds et leurs cheveux bouclés, ils sont attirants comme une énigme. Et ces deux hommes de haute taille, au teint pâle et aux cheveux clairs, qu'on a vus passer l'autre jour, on ne sait tout simplement pas d'où ils viennent, ils sont encore plus empreints de mystère.

Quant à celle pour qui bat son cœur à lui, elle n'est plus loin, presque à proximité ! Puisque, d'après les dires des gens, l'épouse légitime de Deuxième Seigneur Zhao est vivante, elle est bien issue de la famille Lu.

Comment a-t-elle vécu ? Comment vit-elle ? Cela reste à élucider ; Dao-sheng se doit d'être discret dans son effort pour se renseigner. Le domaine de la famille Zhao n'est distant que de cinq *li*. Il s'y est rendu à deux reprises, mais les murs d'enceinte sont hauts et la grande porte toujours fermée. Il décide d'être patient, sachant que petit à petit il obtiendra les informations dont il a besoin. Il est bien loin de penser que celles-ci sont tout bonnement à portée de main. Un jour qu'il était en train d'appliquer des aiguilles au Grand Moine, un fidèle est venu bavarder avec ce dernier. En partant, il fit remarquer : « Cela fait quelque temps que la Dame de chez Zhao n'est pas venue brûler de l'encens. »

3

Le visage du Grand Moine qui d'ordinaire est placide se met à s'animer, lorsque Dao-sheng se hasarde à l'interroger sur la famille Zhao.

– Eh bien ! C'est une longue histoire. Du temps de ses ancêtres, cette famille était une gloire locale. De génération en génération, elle exerçait de hautes fonctions à la capitale. Avec de gros revenus, ils achetaient des terres, les louaient aux paysans et la fortune familiale était considérable. Arrivé à la génération qui précède celle-ci, le Grand Seigneur Zhao n'a réussi qu'à obtenir le grade de *ju-ren*[1]. Sa vie durant, il a servi comme fonctionnaire provincial, mais la famille a conservé ses fastes. Actuellement, le domaine de la famille est partagé entre Premier Seigneur et Deuxième Seigneur. Leurs demeures sont disposées côte à côte, mais séparées par un mur mitoyen. Chacune possédant ses cours et son jardin propres, ils ne se gênent pas

---

1. Licencié.

trop, et en gros l'entente règne. Premier Seigneur a essayé de passer des examens sans réussir, mais c'est tout de même un homme cultivé et sensé. Il avait acheté un titre de fonctionnaire et occupé un temps un poste dans une ville de province. Après, il est revenu pour se consacrer aux affaires de la famille. Son retour s'imposait, car Deuxième Seigneur n'était pas à la hauteur pour gérer le domaine. C'est d'ailleurs un véritable bon à rien, tyrannique par-dessus le marché. Il est né comme cela. Qu'y faire ? Au-dehors, il mène une vie de débauche ; à la maison, il n'en fait qu'à sa tête. Pas de complaisance envers les domestiques et les métayers. Ces derniers, quand ils ne parviennent pas à payer leur part, sont acculés à vendre leurs enfants. Son épouse a beau lui prodiguer des conseils de bonté et de modération, ses paroles lui passent par les oreilles comme du vent. Cette épouse, en revanche, est une véritable sainte ! C'est un malheur qu'elle soit entrée dans cette famille Zhao. Les gens l'appellent Dame Ying parce que son prénom est Lan-ying, « Fine orchidée ». Elle vient de la famille Lu, une grande famille aussi, mais qui s'était appauvrie. Qu'on l'ait promise à la famille Zhao, c'était dans le dessein de redorer son blason, mais sans savoir alors que l'élu se révélerait un fainéant ! Après le mariage, elle a subi deux fausses couches. Et plusieurs années durant elle a été malade. Là-dessus, Deuxième Seigneur a pris une concubine, Dame Fu-chun. Ils ont un fils déjà grand. Je ne sais

40

pas si c'est quelqu'un de sérieux, toujours est-il qu'il est parti à Nankin pour chercher du travail. Plus tard, ils ont eu encore un fils et une fille qui ont, je crois, quatorze et quinze ans. Ce Deuxième Seigneur est décidément insatiable, il n'a pu s'empêcher de prendre une deuxième concubine, dont j'ai oublié le nom. C'est une jeune fille d'une famille paysanne dont il a abusé. Il a eu « la bonté » de ne pas l'abandonner. Je dis cela parce qu'il y a un autre cas, une *ya-tou*[1], dont il a également abusé, puis qu'il a revendue ; et finalement elle a échoué dans un bordel. La deuxième concubine n'a jamais été heureuse, elle est morte quelques années après, laissant un pauvre orphelin qui a maintenant quatorze ans passés. Voilà cette famille !

– On a peine à le croire... J'ai entendu dire que Dame Ying vient souvent au temple, dit Dao-sheng.

– Oui. Dame Ying a été complètement délaissée ; du coup elle mène une vie bien plus tranquille. Elle habite seule, dans l'aile ouest de la cour, servie par Xiao-fang, une servante fidèle. Peu à peu elle s'est tournée vers le bouddhisme, pour le bonheur de notre communauté. Elle est bonne et généreuse, elle pratique la charité. Elle vient souvent au temple faire ses dévotions. Nous ne la voyons plus depuis un bon moment ; je m'en suis enquis et j'ai appris qu'elle ne va pas très bien. Toutefois, elle continue à donner à

---

1. Petite servante achetée par la famille qui l'emploie.

manger aux pauvres chaque midi à la porte arrière de la maison. Que sa santé soit à ce point mauvaise, c'est à cause d'un grave événement survenu il y a quelques années.

Quoique brûlant d'impatience, Dao-sheng se retient d'intervenir.

— Cet événement, j'en ai été le témoin. Par la force des choses, puisque j'y ai été impliqué. Pour bien le raconter, il me faut un peu de temps ; j'essaie de ne pas oublier les détails.

Le Grand Moine est sur sa lancée, et rien ne peut plus l'arrêter :

— C'était il y a sept ou huit ans. Après la récolte de l'automne, les bandits sont venus. La demeure de Deuxième Seigneur est plus près de la grande route, c'est elle qui a essuyé les attaques. En transportant des céréales et en cherchant les objets de valeur, les bandits se sont attardés. Mais avant de fuir devant les troupes gouvernementales qui arrivaient, ils ont allumé un incendie, donné des coups de gourdin dans le bas du dos de Deuxième Seigneur, et surtout ils ont emmené Dame Ying comme otage...

— Ah !

— Ce furent des jours de terrible angoisse ! Jour et nuit, nous nous tourmentions pour Dame Ying. Après de longues journées d'attente, Xiao-fang est venue en secret pour m'informer qu'un envoyé des bandits était venu réclamer une rançon exorbitante.

Il disait qu'on ne toucherait pas Dame Ying si on s'exécutait, sinon... Au bout de quelques jours, nous avons vu que la famille Zhao tardait à payer la rançon. Était-ce parce qu'elle était sous le choc de la blessure infligée à Deuxième Seigneur qui l'avait paralysé, ou avait-on décidé – c'est difficile à croire – de laisser Dame Ying à son sort ? Toujours est-il que j'ai pris l'initiative de réunir une somme auprès des fidèles et je me suis rendu dans la montagne en chaise afin d'entrer en contact avec les brigands. J'ai réussi à atteindre leur repaire, quelques bicoques abandonnées par des montagnards. Ils étaient là provisoirement, prêts à décamper à la moindre alerte. Mis en présence des chefs, je voyais qu'on avait affaire à des brutes, certes, mais qui l'étaient devenus, poussés par la misère. Avec quelqu'un comme moi, qui vis hors de la société, on peut communiquer. Je leur ai expliqué que la somme réunie était loin du compte, mais que par la suite on pourrait compléter s'ils en avaient besoin. En tant que chef du temple, je donnai ma parole. Je n'ai pas eu à trop parlementer ; ma sincérité les a touchés, me semble-t-il. Ils ont finalement accepté mes conditions.

J'ai beau « avoir quitté ce monde » et banni en moi toute effusion sentimentale, je me suis mis à pleurer à chaudes larmes, lorsque j'ai vu Dame Ying amenée par les bandits depuis une hutte cachée derrière les bicoques. Elle avait beaucoup maigri, son visage était émacié, mais sa personne, digne et dépouillée, inspirait le respect. Pas étonnant que les bandits au moment de me la remettre aient ajouté un merci. Le soir tombait. Craignant un imprévu, je décidai de descendre de la montagne la nuit même. On a mis Dame Ying dans la chaise portée par deux hommes, et je suivais à pied derrière. C'était le seizième jour du huitième mois. La pleine lune planait dans le ciel et faisait étinceler les sentiers légèrement givrés. Quelle nuit merveilleuse ! Au début tout paraissait silencieux. Mais à mesure qu'on s'enfonçait dans la nuit, j'entendais le vent qui remuait les herbes, les insectes qui stridulaient, le bruit de nos pas amplifié par la montagne vide, ponctué de temps à autre par la voix douce de Dame Ying qui, de la chaise, se retournait pour me dire : « Grand Moine, vous n'êtes pas trop fatigué ? » Dans ce monde humain, on avait ramené quelqu'un à la vie, et le ciel et la terre semblaient résonner de reconnaissance ! Il faut bien admettre que ramener Dame Ying de chez les bandits est sans doute le plus bel acte que j'aie fait en cette vie, cela grâce à la miséricorde de Bouddha.

— Et après ? dit Dao-sheng, impatient de connaître la suite.

— A son retour, Dame Ying est tombée malade. Mais comme dit le proverbe, « quand on survit à une calamité, on connaîtra le bonheur plus tard », sa dévotion au Bouddha augmente chaque jour. Parmi nos fidèles, elle est considérée comme une sainte. Quant à la famille Zhao, elle a remboursé tout l'argent que nous avions avancé, expliquant qu'à l'époque ils avaient été dépassés par la situation. Deuxième Seigneur, je l'ai dit, est devenu paralytique, à la suite des coups qu'il avait reçus. Cet état a aggravé son caractère ; il se montre indifférent à tout et se laisse soigner par Dame Fu-chun. De ce fait, Dame Ying est délaissée plus que jamais. Elle ne vient rendre visite à Deuxième Seigneur qu'à de grandes occasions. Ordinairement, s'il y a des choses à dire, c'est par l'intermédiaire des serviteurs. Profitant de cette situation, Dame Ying vit à sa manière. Elle vient souvent au temple brûler de l'encens et accomplir d'autres dévotions ; elle s'efforce de soulager les pauvres ou essaie de résoudre des situations difficiles. Pour nous, plus que précieuse, elle est irremplaçable.

4

Ce jour-là, vers midi, pareil aux autres jours, devant la porte arrière du jardin du domaine des Zhao se rassemblent par petits groupes une trentaine de personnes. Tous des va-nu-pieds, cheveux hirsutes et vêtements en loques. Ils ne seraient pas là s'ils n'étaient pas réduits à rien. Qui accepterait de venir chercher pitance sans raison ? Parmi ces gens, on remarque la présence de quelques femmes avec des enfants. Sur le terrain aride, les uns sont debout, d'autres accroupis, chacun tenant à la main bol et baguettes, jasant, s'interpellant. Un nouveau venu est là, également muni d'un bol et de baguettes. Silencieux, accroupi, sans que personne fasse attention à lui.

Un instant après on entend quelqu'un enlever la barre de l'épaisse porte de bois ; la voilà qui s'ouvre en grinçant. Le silence se fait ; tous attendent que les domestiques Lao Sun[1] et Zhu le Sixième sortent un

_____

1. « Vieux Sun » : expression familière envers une personne plus âgée.

gros tonneau de riz cuit qu'ils posent sur des briques disposées à même le sol. Derrière eux, sort à son tour Xiao-fang la servante, de petite taille, mais robuste et rondelette, transportant une marmite remplie de légumes qu'elle pose sur un tronc fixé à cet effet et qu'elle maintient de ses deux mains. C'est alors qu'apparaît Dame Ying. A sa vue les groupes convergent vers elle ; on entend quelques cris « Madame a bon cœur ! », « Madame est charitable ! ». « Ne vous pressez pas, tout le monde aura sa part » ; c'est la seule phrase que Dame Ying prononce. Cette phrase, dite sur un ton trop placide, n'est suivie d'aucun effet. Lao Sun la répète à plus haute voix : « Mais ne vous pressez donc pas, puisque Madame a dit que vous serez tous servis. » Tout en parlant il ouvre le gros couvercle, aussitôt monte du tonneau une chaude vapeur sentant bon le riz. Il passe le couvercle à Zhu le Sixième et tend la louche à Dame Ying. Avec efficacité, elle met une portion de riz, puis une portion de légumes dans le bol que chacun tend vers elle. Celui qui reçoit sa portion, après un merci sonore, se retire dans un coin pour manger. Certains marchent plus loin, jusqu'au pied des saules qui se trouvent de l'autre côté de la route ; assis à l'aise, ils dégustent lentement le contenu du bol. Le repas frugal enfin terminé, ils demeurent encore un instant avant de se lever et partent en traînant les pieds.

Resté en retrait, Dao-sheng sent son cœur battre la chamade. D'où vient cette chance inouïe de revoir

Lan-ying en cette vie ? Comment est-ce possible de la reconnaître encore ? A quarante-huit ans, elle frappe par sa présence dépouillée jusqu'à l'épure. Hormis sa robe gris-bleu qui la couvre depuis le cou jusqu'aux pieds, ce qu'on voit d'elle, ce sont ses cheveux un rien argentés et ramenés en chignon ; ce sont ses joues et ses mains pâles ; et ses lèvres, à peine colorées. Cette impression de dépouillement est accentuée par l'air de tristesse qui ombre son front. Silencieuse et mélancolique elle est là, à accomplir l'acte de charité. Daosheng enfin s'avance, sans oser la dévisager. Il présente son bol, attend qu'on le remplisse. Au moment de dire merci, il dirige son regard vers elle et voit, si proche, le visage qu'il a porté en lui durant de si longues années ! Cet éclair lui suffit pour retrouver l'image qu'il chérit. A travers la pâleur, à travers la tristesse, à travers les sourcils légèrement tombants et les joues à peine distendues, il retrouve toute la pureté de lignes de son visage et toute la sensibilité de son regard qui jadis lui avait brisé le cœur.

C'est le premier jour. Les jours suivants, il reviendra. Il apprendra à jouir en silence de sa présence, jouissance trop brève, mais combien indicible. Une jouissance qui, à chaque instant de la journée, dès qu'il y pense, le fait palpiter de joie et en même temps lui serre le cœur. Y a-t-il une autre personne pour éprouver ces sensations ? Sûrement pas. Aux yeux de tous, elle n'est qu'une femme qui avance en âge et qui pratique la charité. Lors de ses rencontres quotidiennes avec les pauvres, l'a-t-il vue sourire, ne serait-ce qu'une fois ? Ce jour peut-être lorsque, la distribution terminée, est arrivé en retard le mendiant boiteux. Depuis la route, en claudiquant, il criait pour s'annoncer. Dame Ying se courba alors pour gratter le fond du tonneau afin de mettre un reste de riz dans le bol tendu par l'unique bras valide du mendiant. Un peu confus, celui-ci s'excusa en disant : « Comme ça on a bien nettoyé le tonneau, plus la peine de le laver ! » Un sourire alors, prompt comme une hirondelle, a éclairé son regard plein de bienveillance.

Ce sourire-là, Dao-sheng le connaît. En ce monde humain, il est peut-être même le seul à en avoir subi le charme et le mystère. C'était il y a trente ans. Toute la scène lui revient en son innocente vivacité, en ses moindres détails.

Cette année-là, le Vieux Seigneur Lu fêtait ses soixante-dix ans. Dans la soirée, la grande salle de la demeure familiale brillait de mille lumières. Après le banquet, on assistait au spectacle donné par une troupe de théâtre. La musique d'accompagnement était jouée par les musiciens assis le long du mur latéral de droite. Le plus jeune d'entre eux, Dao-sheng, était assis en bout de rang, jouant du violon. Selon les besoins, il jouait de la musique par intermittence. Pendant les interruptions, il avait le loisir de regarder la salle et ne tarda pas à se rendre compte que, là où il était, il jouissait d'une vue privilégiée. Il lui suffisait de tourner les yeux obliquement pour apercevoir la présence des femmes groupées derrière le paravent dressé près du mur du fond. Celles-ci pouvaient écouter l'opéra et, par roulement, venaient au bord du paravent afin de jeter un coup d'œil au spectacle. Dès ce moment, à chaque interruption, Dao-sheng ne put s'empêcher de diriger son regard de ce côté-là. Soudain – peut-être l'avait-il attendu – son regard rencontre un autre regard. Ce dernier venait d'une jeune fille en robe rouge. Décontenancé, il faillit oublier de reprendre son violon. Lorsque de nouveau il put jeter un coup d'œil vers le paravent, il eut le bonheur de voir que la jeune fille continuait à le regarder, et qu'avec beaucoup de candeur elle lui souriait. Il se sentit ébranlé. D'un coup les lumières des lanternes et des bougies lui parurent ternes ; le seul éclat venait du lieu où leurs deux regards se croisaient. Lan-ying, la demoiselle de la famille Lu ! Il le savait pour l'avoir rencontrée trois ans auparavant, lorsque la troupe avait joué dans un village voisin. Il avait alors déjà échangé un regard avec la fillette de quinze ans.

« C'est donc elle ! Elle est venue, elle est là, comme si l'on s'était donné rendez-vous. Elle est là dans sa grâce, déjà une jeune fille en fleur. Puisqu'elle s'appelle Lan-ying, est-ce une orchidée ou alors un lotus aux pétales rouges ? Notre rencontre fortuite d'il y a trois ans, était-ce pur hasard ? A moins que le destin n'ait voulu arranger quelque chose ? Mais tu rêvasses, toi, un pauvre musicien !... »

Le temps que Dao-sheng émerge de ses pensées, la scène enchanteresse avait disparu. A la place de Lan-ying se tenaient deux autres jeunes femmes, l'une habillée en vert et l'autre en jaune, toutes deux avec des nattes, apparemment des servantes. Au bout d'un moment, ces deux-là cédèrent la place à une femme d'âge moyen portant une robe de brocart grenat. Son maintien noble dénotait la maîtresse de maison. Dao-sheng regrettait amèrement que tout à l'heure au sourire de Lan-ying il n'ait pas répondu par un sourire. C'était peut-être une occasion qui ne se renouvellerait pas.

Succédant à la dame en robe grenat, des dames plus âgées, parentes ou domestiques, pointèrent leur nez. Un peu désolé, l'air perdu, il s'efforça de se concentrer sur son violon, d'autant plus que son voisin, un vieux musicien, lui donna un coup de coude pour le rappeler à l'ordre. En jouant, il regardait distraitement devant lui, mais son œil fut happé de nouveau par une tache rouge. Il tourna obliquement la tête et la revit. Rêve-t-il ? Dans l'ambiance du spectacle faite de bougies rouges, de lanternes colorées, et d'acteurs en pleine action, tout vacille entre réalité et illusion. Il étouffe d'angoisse tout en se répétant : « Surtout ne rate plus l'occasion ! » N'est-elle pas là ? Pour de bon cette fois-ci : ce visage lumineux aux contours si purs, cette silhouette toute d'élan et de grâce, et cette chevelure coiffée en chignon que met en valeur le satin rouge de la robe. C'est un don qui vient du ciel ! Un sentiment de reconnaissance envahit Dao-sheng et lui enlève toute timidité. En cet instant unique, entre ciel et terre, sans autre témoin, ils sont tous les deux là. Elle lui sourit, non plus de manière candide mais pleine d'un sentiment conscient ; lui, tout en jouant, du fond du cœur sourit aussi. Il suit de la tête le rythme de la musique en signe d'assentiment et il lui semble que Lan-ying fait de même. Il ne sait plus où il est, comme s'il s'était égaré dans une sphère aérienne. Combien de temps cela a-t-il duré ? Il l'ignore. Toujours est-il que, lorsque de nouveau il cherche à regarder Lan-ying, ses yeux embués l'empêchent de voir clair. Il ne panique pas, se laisse seulement envelopper par la douce clarté qui émane de ce visage à la fois proche et lointain. A travers ce flou, son regard capte l'image d'un pétale qui tombe à terre. A cet instant, retentissent cymbales et tambours annonçant la fin du spectacle. Tous les spectateurs se lèvent, certains poussent des *hao ! hao !* Dao-sheng jette un dernier coup d'œil vers le paravent, il n'y a plus personne, seule une petite tache blanche au sol. Il profite du mouvement général pour approcher du paravent et ramasse l'objet par terre, c'est le mouchoir que Lan-ying a laissé. Intentionnellement ou par mégarde ?

Ce soir-là, parmi les spectateurs il y avait Deuxième Jeune Seigneur de la famille Zhao. Il n'a pas pu ne pas remarquer l'insolence du musicien qui, au lieu de faire humblement son travail, osait lorgner du côté des dames. Et il lui était facile d'imaginer que, parmi elles, se trouvait une jeune fille qu'il aspirait à voir sans en avoir la pleine possibilité. Cette jeune fille lui était promise ; elle n'était autre que mademoiselle Lan-ying.

Après la soirée, ce seigneur, accompagné de plusieurs amis, noceurs comme lui, se rendit à la grande auberge de la porte Sud du chef-lieu. C'est là que la troupe de théâtre passait la nuit. Une fois là, ils ont commandé du vin et des mets. Après avoir joyeusement ripaillé, Deuxième Jeune Seigneur demanda au patron de faire venir le chef de la troupe. A ce dernier il dit son souhait d'écouter le plus jeune violoniste. La puissance de la famille Zhao n'était contestée par personne dans la région, même les fonctionnaires s'inclinaient bas. Aussi, est-ce avec empressement que le chef obtempéra. Malgré l'heure tardive, il ordonna à Dao-sheng de venir jouer devant ces clients distingués. Dao-sheng exécuta un morceau, pensant en être quitte ; à sa grande surprise, il s'attira non des louanges mais des quolibets. Il se

54

concentra pour jouer consciencieusement un autre morceau. Cette fois-ci, les auditeurs n'eurent que des propos sarcastiques allant jusqu'à demander comment un tel fumiste pouvait faire partie d'une troupe ! Dao-sheng comprit alors que le but de la bande était de se payer sa tête ou de lui chercher noise. A la demande d'un troisième morceau, il opposa un refus net :

– Pourquoi essayer encore, puisque vous me traitez de fumiste ?

Deuxième Jeune Seigneur ne céda pas :

– Jamais deux sans trois ! Si je vous demande de jouer encore, c'est pour voir si vous êtes récupérable.

Disant cela, il jeta un clin d'œil ironique à ses compagnons, lesquels rirent aux éclats. Dao-sheng serra de rage le manche du violon et proféra :

– J'ai dit non, et c'est non !

Son vis-à-vis se mit alors à frapper la table en criant :

– C'est Deuxième Jeune Seigneur Zhao qui te le demande, tu oses ne pas lui faire honneur ?

Dao-sheng soudain comprit et se dit : « Ah, sans doute parce que j'ai trop regardé du côté du paravent », tout en se rassurant : « Il n'a pas pu surprendre le regard échangé avec Lan-ying. » En effet, l'autre, déjà dressé sur ses jambes, s'avança vers lui, et cracha son mépris : « Quel chien es-tu pour oser regarder les femmes droit dans les yeux ? » Sur sa lancée, il s'apprêta à frapper violemment l'objet de son courroux. Dao-sheng repoussa de toute sa force l'assaillant, celui-ci tomba en arrière, renversant la table et ce qu'il y avait dessus. Tous se précipitèrent sur lui, l'un, un canif à la main, sembla vouloir le défigurer. Acculé, sans autre choix, Dao-sheng se saisit d'un tabouret et balaya l'espace autour de lui en un geste circulaire. Ce faisant, il blessa sans le vouloir Deuxième Jeune Seigneur au bras et un de ses compagnons au cou ; le sang jaillit. Le chef de la bande cria qu'on arrête la bagarre et qu'on s'empare de Dao-sheng. On le ligota et on le garda sous surveillance, pendant que les deux blessés allaient se soigner et se reposer. A l'aube, Dao-sheng, l'agressé devenu l'agresseur à son corps défendant, fut livré au tribunal du chef-lieu. Il eut beau plaider sa cause, peine perdue, les blessés étaient là, et pas les moindres, pour attester son « crime ». Après plusieurs jours de prison, il fut condamné au bannissement et aux travaux forcés. Dans la prison, l'un des condamnés le consola, précisant que le bannissement était mieux que la grosse bastonnade ; les coups de bâton peuvent vous casser les os et vous laisser handicapé pour la vie.

En l'espace de quelques jours, ce jeune homme, qui avait été vendu à la troupe de théâtre pour être musicien, tomba dans le gouffre du malheur. La vie dans la troupe était dure, mais on y était libre. Toute l'année on courait les villages, les ports ; on était méprisé et on ne mangeait pas toujours à sa faim, mais on s'entraidait ; on n'était jamais seul ni délaissé. Et puis, il y avait le violon qu'il aimait. Son talent était apprécié de tous. Que Lan-ying lui ait souri, était-ce à cause de son physique (les gens le qualifiaient de « beau gars »), ou plutôt en raison de la beauté de son jeu ? Peut-être les deux ? Mais quel crève-cœur ! Et dire qu'il ne sera plus possible de se revoir. Ce que Deuxième Jeune Seigneur avait fait, ce que lui, le condamné, allait subir, serait d'ailleurs ignoré de cette jeune fille innocente, pure des « poussières et fumées » de ce monde.

5

Chaque jour à midi, Dao-sheng se rend derrière le domaine des Zhao. Chaque jour, il peut ainsi voir le cher visage empreint de tristesse, rendu plus émouvant par cette tristesse même. La sensation qu'il en tire est au-delà des mots. Le restant de la journée, il est dans l'attente de cet instant, bercé par la douce confiance que la présence désirée ne lui fera point défaut. Effectivement, au moment précis, elle est là, comme fidèle à un rendez-vous, même s'il sait que cela n'est pas vrai, qu'en réalité elle l'ignore... Est-ce qu'une fois elle viendra pour lui ? C'est un souhait probablement trop égoïste et de toute façon inimaginable encore. Imprégné de l'esprit taoïste, il a appris à ne jamais trop désirer. Qu'il puisse quotidiennement contempler l'être de son cœur, intimement et silencieusement, fût-ce à l'insu de l'autre, c'est déjà un rare bonheur dans ce monde.

A l'entrée de l'hiver, un jour que Lan-ying apparaît, il constate d'après sa mine qu'elle est plus gravement malade. S'avançant vers elle pour recevoir sa pitance, il peut observer de plus près ses yeux cernés, et son inquiétude augmente. Il a le sombre pressentiment que bientôt il ne pourra plus la voir.

Après que Lao Sun et Zhu le Sixième ont emporté tonneau et marmite, Dame Ying et Xiao-fang regagnent leur appartement. Elles suivent le sentier qui traverse le jardin situé derrière la demeure. Passant à côté de la montagne artificielle, elles entendent les pleurnichements d'un enfant qui semblent être ceux de Gan-er. Elles contournent la montagne et trouvent effectivement l'orphelin laissé par la deuxième concubine. Recroquevillé parmi les herbes, il tremble de tout son corps. Levant la tête, il laisse voir son front violacé et ses joues égratignées ; son nez saigne. Quand on l'interroge sur l'auteur de ces sévices, il refuse de répondre. A la fin, il se force à lâcher quelques noms, ceux de Zhu-er et de Ju-er, garçon et fille de la première concubine, ainsi que les enfants venus de chez Premier Seigneur. Bien que plus âgés que Gan-er, ils ne remplissent pas leur rôle d'aînés. Celui-ci leur sert de souffre-douleur. « Ils voulaient que je fasse le chien en me roulant par terre, et puis le singe en grimpant aux arbres. Je n'ai pas voulu, ils m'ont battu, et j'ai riposté. Ils m'ont alors plaqué contre le sol, et j'ai mordu leur main. Sœur Ju-er m'a serré la gorge et je lui ai tiré sa natte. Ils m'ont battu férocement et ils m'ont laissé là. Je n'ose plus bouger d'ici. »

Dame Ying emmène Gan-er dans sa chambre. Après l'avoir nettoyé, elle le fait s'étendre sur son lit. Se tournant vers Xiao-fang, elle dit à voix basse : « Je suis fautive envers la deuxième concubine. Avant de mourir, elle m'a demandé de protéger son fils, et Gan-er a vécu plusieurs années avec moi. Lorsque j'ai été emmenée par les bandits, l'enfant a été naturellement confié à Dame Fu-chun. Après mon retour, je suis tombée malade, je ne pouvais rien faire d'autre, et on a laissé Fu-chun continuer à s'en occuper. C'était d'ailleurs la volonté de Deuxième Seigneur. Je n'ai pas voulu le contrarier, et les choses en sont restées là. Les enfants ont tous grandi, je croyais qu'ils étaient devenus plus raisonnables ; il a fallu aussi que Gan-er soit un enfant taciturne, il ne nous a jamais fait sentir qu'il était malheureux. Aujourd'hui que j'ai vu, je ne peux pas ne pas le reprendre. Cela va encore déplaire à Deuxième Seigneur et heurter Fu-chun » ; poussant un soupir, elle ajoute : « et s'il m'arrive quelque chose, cet enfant va être encore plus malheureux ».

Xiao-fang réfléchit un instant et dit d'une voix résolue :

– N'importe comment, il faut le reprendre, j'en fais mon affaire. D'abord Madame ne doit pas dire « s'il m'arrive quelque chose ». Je suis là pour prendre soin de vous, vous continuerez à bien vivre. En un mot, je ne vous quitterai pas. Tant que vous êtes là, je serai

61

là. Si jamais vous n'êtes plus là, j'emmènerai Gan-er au loin.

— Tu parles bien ! Une femme ne peut pas aller très loin, à moins que tu ne te maries.

— Je ne pense pas me marier.

— Sans mari, tu n'as plus qu'à aller chez les nonnes !

— C'est ça, chez les nonnes. Et Gan-er ira chez les bonzes, ce sera toujours mieux qu'ici !

L'innocence pleine d'entrain de Xiao-fang amène un sourire sur les lèvres de Dame Ying. Mais elle sent que la tête lui tourne. Aussitôt Xiao-fang demande à Gan-er de se lever et aide sa maîtresse à se coucher à son tour.

Au même moment, tout en sueur, Zhu-er et Ju-er foncent dans la chambre de Dame Fu-chun. A la vue de leur mère, les deux enfants, frère et sœur, donnent libre cours à leurs caprices :

— Regarde ce que Gan-er m'a fait, il m'a mordu la main !

— Et à moi, il m'a tiré les cheveux !

— Ce vilain mérite encore une gifle. Ce soir, pas de repas pour lui ! Maintenant, allez vous faire nettoyer par Jiao-ma. Moi, je dois aller faire le *chui-bei*[1] à votre père.

---

1. Marteler le dos de quelqu'un pour le soulager.

Ce disant, elle se dirige vers la pièce d'à côté. Une chambre spacieuse emplie d'odeur d'opium, donnant sur le jardin. En ce temps de froid, les fenêtres sont fermées. Fu-chun va droit vers le lit où est étendu Deuxième Seigneur sous de grosses couvertures. Elle l'aide à s'asseoir et se met en devoir de lui marteler le dos.

— Tu te sens mieux comme ça ?

Deuxième Seigneur ne répond pas, se contente de pousser des « Hem ! hem ! Ha ! ha ! »

— Ce Gan-er est de plus en plus insolent ; je l'ai élevé de bon cœur, il n'a pas de reconnaissance.

— Ce sera un bon à rien, laisse-le.

— A propos, enchaîne Fu-chun, chez Premier Seigneur, on s'est fait de nouvelles vestes ouatées. Pourtant, il a dit que la récolte n'était pas bonne et qu'il allait diminuer nos dépenses.

Là-dessus, Deuxième Seigneur tousse un bon moment avant de répondre :

— Ne cherche pas trop d'histoires. Maintenant c'est mon frère qui gère les affaires, il faut accepter son autorité. Dans l'ensemble, il est juste. La famille Zhao n'est plus comme autrefois. Grâce à lui, on ne manque de rien, que demander de plus ?

A ce point de la conversation arrive Jiao-ma, la vieille servante. Elle leur apprend que Xiao-fang est venue annoncer que Dame Ying est malade et qu'on a envoyé Lao Sun chercher le médecin, Maître Wang.

– C'est bien, répond Fu-chun à la place de Deuxième Seigneur.

Celui-ci ajoute :

– Dame Ying n'a pas bonne mine, je l'ai bien vu. L'autre jour, il faisait plus doux, vous m'avez installé devant la fenêtre. De loin je l'ai vue, là-bas, traverser le jardin par le sentier. Elle marchait péniblement et son visage était blanc comme du papier. Apparemment, elle n'est pas mieux lotie que moi ; nous n'en avons plus pour longtemps.

– Pourquoi Deuxième Seigneur parle comme ça ? Pourquoi te comparer à Dame Ying ? Elle est triste à longueur de journée, nous n'y pouvons rien. Tandis que toi, tu sais bien que je suis aux petits soins pour toi ; malgré ce qui est arrivé, tu vivras longtemps. Tout à l'heure, tu as dit : « Les affaires de la famille, il faut les laisser gérer par Premier Seigneur », tu n'as donc pas à t'en soucier. Et ici, tout se déroule toujours selon ta volonté. Quand tu veux que je t'accompagne, je t'accompagne. Quand tu as envie de dormir seul à cause des quintes de toux ou des douleurs, je te laisse tranquille. Dans la journée, quand je vais au bourg faire des achats, il y a Jiao-ma qui apporte le thé, allume ta pipe, entretient le feu. Il y a encore Lao Sun qui vient donner un coup de main pour te déplacer. On ne peut pas être plus prévenant.

– Tout cela est vrai, il n'y a rien à dire, répond Deuxième Seigneur. Du côté de Dame Ying, ce qui doit arriver arrivera ; le Ciel sait bien tenir ses comptes. Puisqu'on en parle, à dire vrai, cela fait longtemps que son sort m'est indifférent. Si quelque chose doit lui arriver, ce sera un souci de moins ; tu seras plus tranquille aussi.

Ces paroles touchent Fu-chun au plus profond, mais sur un ton de fausse sincérité, elle rétorque :

– Je n'ai jamais pensé à ça... Disons seulement que, pendant sa maladie, elle n'ira pas faire la charité derrière la maison. Ça nous fera un peu d'économies.

– C'est un point auquel j'ai souvent pensé, mais on ne peut pas le lui interdire à cause du Grand Moine et du qu'en-dira-t-on. Il y va de la réputation de la famille Zhao, qui en a pâti un peu lorsqu'on a tardé à verser la rançon. Depuis, on est obligé de faire doublement attention.

6

« Un mois. Un mois sans te voir, Lan-ying. Jour après jour j'attends, et chaque journée est interminable. Comment évolue ta maladie ? Qu'est-ce que tu ressens ? Se peut-il que tu quittes ce monde sans dire un mot ?

Depuis mon retour ici, j'ai pu te voir plusieurs dizaines de fois. Chaque fois de façon si brève ; ce fut peut-être tout de même suffisant pour être le grand bonheur de ma vie. Puisqu'au moins ce n'était plus en rêve mais avec mes yeux de chair. Certes, tu paraissais flétrie à force de mélancolie ; mais avec un peu de patience ne décèle-t-on pas la même beauté qu'autrefois ? Les ans ont pu modifier le corps, quand donc le trésor du cœur a-t-il changé ? Le cœur peut être enfoui, scellé, il demeure une pièce de jade qui reluit même au sein des ténèbres. Sans ce trésor si pur, si noble, comment à l'origine aurait-il pu y avoir ce visage et ce sourire ? Et ce regard qui vous remuait les entrailles, qu'on n'oublie plus de l'avoir rencontré. De fait, je ne l'ai jamais oublié. Où que je me trouve, quelles que soient les circonstances, je suis hanté par ton regard. Même au moment où je croyais l'avoir oublié, il brille dans quelque coin secret de mon corps.

Cette fois-ci, j'ai joui de la possibilité de te voir, mais non du privilège d'échanger un regard avec toi. J'ai fixé les yeux sur toi, mais tu ne m'as pas regardé, encore moins vu. Comment pourrais-tu d'ailleurs me reconnaître ? Trente ans de vie d'épreuves et d'errance ! D'apparence, je suis devenu cet homme au visage buriné et au corps un peu plus alourdi. Que reste-t-il de ce jeune musicien à la silhouette svelte et élancée ? Mais si toi aussi tu consens à regarder avec un peu de patience, tu décèleras la même flamme qui brûle au-dedans de ce corps. Tout comme toi, quand donc l'esprit qui l'anime a-t-il changé ? Mais voudras-tu bien regarder ? Pourras-tu encore regarder ? »

Un mois s'est écoulé. Puis un autre mois. Dao-sheng est au comble de l'affliction. Quand il courait le monde, il était plein d'énergie pour faire face aux obstacles. Il y a trois ans, traversant le fleuve pour revenir vers le sud et s'approchant toujours davantage du lieu de son rêve, il était plein d'espoir également. A présent il se sent complètement démuni. Insupportable lui est ce continuel sentiment d'anxiété ; plus insupportable encore la sensation d'impuissance. Cette sensation aiguise en lui le désir d'agir. Sinon il regrettera toute sa vie de n'avoir rien fait. Que faire ? Et s'il entrait dans la famille Zhao pour soigner Lan-ying ? Difficile à concevoir et à réaliser ! Quand bien même cela s'avérerait réalisable, pourrait-il faire mieux que les meilleurs médecins de la ville ?

Impuissant, manquant de confiance en soi, comment continuer à prédire le sort des gens qui viennent consulter ! Comment se concentrer pour analyser froidement les données que fournissent les uns et les autres ? Dao-sheng voit bien qu'en ce bas monde les affaires humaines se ramènent à quelques thèmes essentiels : naissance, vieillesse, maladie, mort ; au milieu de tout cela, une pincée d'aspiration par-ci, une once d'amour par-là. Cela dit, ces choses apparemment si simples, comme elles varient selon le lieu, le temps et les personnes ! Prenons l'amour. Chez les uns, ce sont des coquineries à tout bout de champ ; chez les autres, des serments pour l'éternité. Les uns changent de partenaires comme de chemises ; les autres se confinent dans l'attente durant toute une vie. Il en va de même pour les autres affaires. Au premier abord, les clients répètent à peu près les mêmes questions : est-ce que le voyage se passera bien ? Quel est le jour faste pour ouvrir la boutique ? Quand est-ce que la femme sera enceinte ? Quand est-ce que l'homme va revenir ? Y aura-t-il une promotion ? La fortune sera-t-elle au bout ? Comment la maladie se terminera-

69

t-elle ? La longévité est-elle assurée ? Et pourtant, chacun réagit différemment. A côté des optimistes, toujours exaltés et confiants, nombreux sont les incertains ou les résignés qui, une fois la prédiction entendue, s'en vont divisés ou accablés.

Peut-on cependant se limiter à cette constatation de la variété de signes humains ? Doit-on vraiment accorder la même valeur à tout ? Ici, Dao-sheng a comme un sursaut, rendu plus vif par ses propres tourments et doutes. Il se rappelle à temps l'enseignement du Grand Maître. Celui-ci n'avait-il pas répété que divination et médecine ne sont pas affaire de recettes, qu'elles ne sont rien sans la pensée qui les fonde ? A l'heure où menace le désespoir, n'est-il pas grand temps de revenir à cette pensée ? Il est dit que tout est lié, que les signes humains ne sont pas séparables de ceux de la terre et du ciel. Au sein de cet ensemble organique, ce qui relie n'est ni chaîne ni corde, mais le souffle qui est à la fois unité et garant de la transformation. Oui, l'importance du souffle. Car, à l'origine, c'est le Souffle primordial qui, combinant les souffles vitaux que sont le Yin, le Yang, et le Vide-médian, a engendré le Ciel, la Terre et les Dix mille êtres. Une fois l'univers vivant constitué, les souffles vitaux continuent, bien sûr, à fonctionner, sinon, cet univers ne tiendrait pas. Seulement voilà. Par suite de désordre ou de dérèglement, tous les souffles ne sont pas constamment valables ; certains peuvent se montrer déficients, pernicieux, malins. D'où l'idée du *shen*, « souffle-esprit, esprit divin », qui est le critère du vrai et du juste. Le *shen* est la forme supérieure des souffles vitaux. Assurant en permanence la grande rythmique du Tao, il assure du même coup l'infaillible principe selon lequel « la Vie engendre la Vie », phrase clé du *Yi-jing*, le *Livre des Mutations*. Le *shen* n'est donc pas un ordre fatal. Néanmoins, seuls les signes issus du *shen* et régis par lui sont valables. Le véritable devoir d'un devin, ou d'un médecin, consiste justement à capter le *shen* qui est aussi bien dans l'univers qu'à l'intérieur de chaque corps, puisque le corps, plus que de chair et de sang, est avant tout condensation de souffles. C'est dans la mesure où le devin, aussi bien que le médecin, capte le *shen* au cœur d'une entité vivante qu'il peut la restituer dans la voie de la vie.

Toute cette pensée, Dao-sheng, ballotté par les événements extérieurs, avait eu tendance à la négliger. Elle lui revient comme une nouvelle révélation, un soutien inespéré. Il pense à Lan-ying et à lui-même, et il entre dans la conviction que si leurs destins doivent être liés, ce ne sera pas seulement par le sentiment, mais par le souffle, par le *shen*. Vu la situation si particulière dans laquelle ils se trouvent, il sait combien il doit s'appuyer sur le *shen* pour vivre et agir, pour orienter le destin vers le vrai et le juste.

Ce jour-là, au milieu d'une consultation, levant la tête, Dao-sheng voit une femme monter les marches du temple, une femme robuste dont l'allure pleine d'allant ne parvient pas à dissimuler un air soucieux. Il sursaute en reconnaissant Xiao-fang. Le temps de souffler un mot à son client, il quitte son siège et se précipite à l'intérieur du temple. Au milieu de la foule, il finit par trouver Xiao-fang dans un coin en train de brûler de l'encens et de se prosterner. Quelques instants après, elle se lève et s'apprête à sortir. Dao-sheng l'arrête en s'excusant :

— Mademoiselle, je suis confus de vous déranger. Il y a deux mois, j'allais chercher ma nourriture derrière la demeure des Zhao...

Xiao-fang lui jette un coup d'œil, l'air de se souvenir vaguement de lui. Il ajoute :

— Comment va Dame Ying ?

— Son état ne s'améliore pas ; on ne sait pas ce qui va arriver.

— Je suis un médecin itinérant, je me demande si je ne peux pas aider un peu.

— Elle a été soignée par Maître Wang et Maître Liu ; même eux ne peuvent pas grand-chose... Pardonnez-moi, je dois me dépêcher de rentrer. Ma maîtresse a besoin de moi.

Un subit désespoir s'empare de lui, tel un coup de bâton sur le crâne, et, dans le même temps, provoque le dernier sursaut de souffle vital qui lui reste. Il marche droit en direction de la chambre de prière du Grand Moine qui se trouve dans la cour intérieure, derrière la grande salle publique. Ce dernier est assis en position de lotus sur son coussin.

— Dame Ying de la famille Zhao est très gravement malade, il ne faut plus attendre, laissez-moi tenter quelque chose.

Le Grand Moine est lui aussi extrêmement préoccupé, mais il répond sur un ton dubitatif :

— Je crains fort que Deuxième Seigneur ne soit pas d'accord. Il a entière confiance en Maître Liu et en Maître Wang, alors qu'il ne sait rien de toi.

Toutefois, il enchaîne :

— On aura des regrets si l'on n'essaie pas ; on sera fautif envers Dame Ying. Il ne faut plus attendre, comme tu dis. J'y vais !

Le gardien de la porte de la demeure des Zhao ayant prévenu Lao Sun, le domestique ; celui-ci ayant prévenu Jiao-ma, la vieille servante ; celle-ci ayant prévenu Dame Fu-chun, la concubine ; et cette dernière ayant à son tour averti Deuxième Seigneur, le Grand Moine peut enfin pénétrer dans la pièce emplie d'odeurs d'opium.

— Deuxième Seigneur se porte-t-il bien ?

— Je souffre de maux de toutes sortes, que faire sinon

rester tranquille ? Pour le moment, rien de particulier à déplorer.

– Cela fait longtemps que Dame Ying n'est pas venue au temple. J'apprends qu'elle est gravement malade et j'en suis très préoccupé.

– Elle a été soignée successivement par Maître Liu et Maître Wang. Ce qu'humainement on peut faire, on l'a fait. Force est de nous en remettre maintenant à la volonté du Ciel.

– Votre serviteur souhaiterait vous présenter une requête. Il n'y a pas longtemps, un médecin taoïste est venu s'installer dans notre bourg. Il a un éventaire à côté du temple où il pratique la divination, et de plus il soigne les malades. Il ne prétend pas guérir toutes les maladies, mais possède bon nombre de recettes qui ont fait leurs preuves, puisque moi-même en ai été le bénéficiaire.

– Vous parlez donc d'un guérisseur. J'en ai vu qui ont défilé chez moi, vous savez. Ce sont tous des charlatans !

Néanmoins, devant le regard suppliant du Grand Moine, Deuxième Seigneur hésite à dire un non caté-gorique.

– Laissez-moi réfléchir, ajoute-t-il, je vous donnerai une réponse.

Le visiteur comprend qu'il ne sert à rien d'insister davantage ; il prend congé. C'est alors que Dame Fu-chun vient placer son mot :

– Encore ce moine qui n'a rien à faire et qui vient nous casser les pieds !

– Je crains qu'on ne puisse refuser. Toujours pour la même raison : méfions-nous de ce que disent les gens, on va encore nous accuser de ne pas faire ce qu'il faut. Il veut qu'on essaie son guérisseur, laissons-le essayer ; de toute façon ce sera la dernière fois !

7

Le rêve que Dao-sheng a porté si longtemps dans sa nuit sans jamais oser y croire est en train de se réaliser sous ses pas. Il franchit le seuil de la demeure des Zhao, et, conduit par Lao Sun, il entre dans la première cour, longe un passage qui contourne la grande salle et qui mène à la cour intérieure. Au milieu de la cour, poussent quatre vieux pins entourés de bancs de pierre ébréchés et poussiéreux. Comme il n'y a personne à cette heure-ci, une dizaine de moineaux picorent çà et là en piaillant.

Toujours précédé de Lao Sun, il pénètre dans la partie gauche de la cour. Après avoir traversé une grande pièce meublée mais non occupée, il emprunte un étroit corridor et bientôt se trouve devant la porte de Lan-ying. Le cœur qu'il entend battre dans sa poitrine suffit à lui prouver qu'il ne rêve pas. Au contraire, il a pleine conscience qu'il est venu au monde pour accomplir cet acte. S'il a franchi mille cols et traversé dix mille fleuves, c'est bien pour vivre cet instant, n'est-ce pas ? Lorsqu'il l'aura vécu, il pourra mourir sans regret.

Lao Sun frappe à la porte et se retire. Vient ouvrir la porte Xiao-fang, disant : « Entrez, s'il vous plaît. » On est déjà au cœur de l'hiver, la chambre est plongée dans la pénombre ; le store de la fenêtre à moitié enroulé, par contraste, paraît d'autant plus blanc. Faisant écho à ce carré de blancheur, le rideau du lit, au fond de la chambre, répand un pan de clarté. Le rideau demeure fermé ; au premier regard on ne devine pas de présence derrière. En approchant, on peut entendre de légers gémissements. Devant le lit, à distance raisonnable, est posée une chaise. Sur un geste d'invite de Xiao-fang, il s'assied. L'ambiance sobre et harmonieuse de la chambre contribuant à l'apaiser, il commence à parler sur un ton résolu :

– Madame, je suis un médecin itinérant. Mon nom est Dao-sheng. Ayant une assez longue expérience, j'ai l'honneur de venir vous ausculter pour voir ce que je peux faire pour vous. J'ose vous demander de décrire un peu ce dont vous souffrez.

Les premiers sons qui montent de la gorge de la malade sont voilés, mais quand elle se met à expliquer son état, la diction devient claire. C'est la première fois que Dao-sheng entend cette voix, affaiblie mais pure comme un filet d'eau.

– Ma maladie dure depuis plus de deux mois,

je souffre à plusieurs endroits. J'ai de fréquents essouf-
flements à la poitrine et des palpitations au cœur,
des maux de tête accompagnés de vertiges, des douleurs et des amertumes du côté du foie et une fièvre
qui ne disparaît pas. On a essayé des médicaments
et des aiguilles, non seulement cela est sans effet, mais
mon état empire. J'ai bien peur qu'on ne puisse pas
me guérir.

– Tranquillisez-vous, madame. Permettez-moi de
vous tâter le pouls.

Par la fente du rideau sort une main qui se pose
sur le rebord du lit. Main droite de Lan-ying, amai-
grie et pâle à faire pitié. Faire pitié, est-ce là le mot
adéquat ? Cette main étendue, les cinq doigts
légèrement écartés, se présente telle une véritable
offrande ! Certes, vide, elle ne tient rien en son
creux, mais la vivante corolle elle-même apparaît
comme le plus précieux trésor de la terre, un trésor
que Dao-sheng va pouvoir toucher de façon imminente. Il avance doucement deux doigts, index et
majeur, les pose sur le poignet de Lan-ying, là où
bat son pouls, tandis que, de son pouce, il soutient,
par en bas, le dos du poignet. Sans un mot, il
savoure la fraîche sensation du toucher, sans un mot
et sans discontinuité. En ce lieu et en ce moment,
il est le maître. Tout procède de sa volonté, bien
qu'il sache pertinemment les limites à ne pas dépasser. Prenant tout son temps, il rassemble enfin

son esprit et se met à l'écoute de tous les sons et échos qui lui parviennent par le canal des artères. A l'écoute des signaux qu'émettent les cinq *zang*[1] et les six *fu*[2] et par lesquels il repère sans faille ce qui circule et ce qui se bouche. A l'écoute du chant des souffles qui, geignant ou criant, traversent sans interruption les méridiens, pénètrent méandres et recoins les plus obscurs, jusqu'au sommet de l'épine dorsale, jusqu'au tréfonds des entrailles, jusqu'aux extrémités de tous les membres. Que de chairs enflammées qui demandent à être rafraîchies ! Que de sangs frelatés qui attendent d'être purifiés ! Ce corps qui a connu bien des maladies ponctuelles, ce dont il souffre cette fois-ci n'a pas une source unique. C'est sans doute le résultat de toute une vie de blessures et d'amertumes : le rêve d'une communion dans la beauté à peine éclos, aussitôt étouffé ; la rencontre, dans le mariage, avec la laideur et la bassesse ; l'angoisse et la perte de confiance causées par deux fausses couches ; l'expérience de la violence et du délaissement lors de l'attaque des bandits... Peut-être est-elle lasse de cette vie privée à jamais de bonheur ? Peut-être déjà aspire-t-elle de tout cœur à l'autre vie, dont elle ne doute pas de la réalité ?

Après la main droite, Dao-sheng demande à aus-

---

1. Organes.
2. Viscères.

culter la main gauche. Il entend le bruit d'un corps qui se retourne et voit, par la fente du rideau, sortir l'autre main qui se pose, comme tout à l'heure, sur le rebord du lit. N'était la souffrance dont il est chargé, le geste de Lan-ying a quelque chose de gracieux, aussi précis et expressif que celui d'une musicienne ou d'une actrice d'opéra en train de jouer. Comme tout à l'heure, Dao-sheng avance doucement son index et son majeur, les pose sur le poignet, tandis que, de son pouce, il soutient avec délicatesse le dos du poignet. Nouvelle sensation du toucher, déjà presque familière. Il goûte le type de plaisir qu'on éprouve à rencontrer une ancienne connaissance qu'on voulait justement revoir. Lan-ying semble montrer moins de timidité et de réserve que tout à l'heure. Est-elle aussi dans le sentiment de quelqu'un qui rencontre une ancienne connaissance et qui, gagnée par la chaleur de l'émotion, donne libre cours à l'épanchement ? Toujours est-il que, par rapport à la main droite, Dao-sheng entend davantage, à travers le battement sous ses doigts, le murmure qui sourd du for intérieur de la patiente. Il est conscient de ce que pourrait avoir d'inconvenant le fait de passer infiniment plus de temps, en cette séance du pouls, que les autres médecins ; mais il ne ressent ni crainte ni doute de la part de Lan-ying.

– Comme vous l'avez dit, madame, la maladie a de multiples causes ; elle ne se limite pas à un seul point. Elle demande des soins minutieux, étape par étape. Il convient de traiter tout de suite l'état général ; ensuite, on procédera à éliminer un à un les maux particuliers. Puisque les médicaments courants et les aiguilles n'ont pas eu d'effet, je ne recommence pas. Je vous prie de me faire confiance et d'essayer quelques-unes de mes recettes secrètes. Cela demande du temps. Sans être sûr à cent pour cent, je peux dire qu'il y a espoir de guérison. De retour à mon monastère, je vous préparerai une potion moi-même et vous l'apporterai. Vous la ferez mijoter et la prendrez matin et soir. Je reviendrai vous voir dans cinq jours.

Cinq jours après, Dao-sheng revient. Après avoir écouté Lan-ying, il effectue le même acte de prendre le pouls. Il en connaît la double utilité, celle de connaître l'état exact de la maladie, celle aussi d'un long contact silencieux qui en soi est une thérapie. La main de la patiente témoignant de plus en plus d'abandon, il est à même, par ce contact, fût-il minime, de faire passer l'énergie vitale d'un corps à l'autre. La séance terminée, il explique à Lan-ying et à sa servante qu'étant donné les faibles signes d'amélioration il convient de continuer la potion encore cinq jours.

Au rendez-vous suivant, Dao-sheng procède aux mêmes actes. Après quoi il propose de changer de médicament, visant en particulier le foie et les reins.

Avant qu'il ne prenne congé, Lan-ying, derrière le rideau, demande à Xiao-fang d'offrir du thé au médecin. Dao-sheng accepte et va s'asseoir devant la table qui est près de la fenêtre. Pendant qu'il sirote le thé, Lan-ying hasarde une question :

— Maître, vous n'êtes pas d'ici, d'où venez-vous ?

— Je suis originaire du pays de Shu. Mais je l'ai quitté très jeune ; depuis, j'ai mené une vie errante un peu partout.

— Pourquoi êtes-vous venu vous installer dans notre bourg ?

— J'ai eu l'occasion de séjourner ici dans ma jeunesse. Je m'y suis attaché.

A partir de là, de cinq jours en cinq jours, ce rythme régulier va se poursuivre durant plus d'un mois. Chaque fois, c'est le même rituel. Cependant, pour Dao-sheng qui vit dans une tension de plus en plus heureuse, chaque fois est un avènement. Outre le fait que l'état de Lan-ying s'améliore lentement mais sûrement, il constate qu'un certain accord, comme instinctif, s'établit entre lui et Lan-ying. Certes, les quelques rares paroles échangées entre eux demeurent anodines, paroles par lesquelles Lan-ying s'informe en passant de son métier de devin ou de ce qui se passe au temple ; certes, selon les règles, il ne peut pas voir la malade, d'autant plus que celle-ci, depuis si longtemps minée et affaiblie, n'y tient pas. Comment ne pas percevoir néanmoins, au travers de la main tendue et de la voix qui sollicite, une attente informulée, voire un besoin vital de se livrer, d'être prise en charge.

Bientôt l'année touche à sa fin. Les effervescences à l'occasion du Nouvel An laissent indifférents la malade et le médecin, tous deux absorbés par le combat contre la maladie qui, plus enracinée qu'on ne l'imaginait, menace parfois de reprendre le dessus. D'inexplicables rechutes ne manquent pas d'inquiéter. Un jour qu'il prend le pouls de Lan-ying avec une certaine anxiété, Dao-sheng, profitant d'une absence de Xiao-fang, décide de parler. Comme ce qu'il a à dire, maintes fois répété en lui-même, n'est pas long, il parle d'une voix posée, sans hâte :

— Il y a plus de trente ans, dans la demeure des Lu, le très vénérable Vieux Seigneur fêtait ses soixante-dix ans. Après le banquet, on donnait un spectacle dans la grande salle. Jeune fille vêtue d'une robe rouge en brocart, vous vous teniez derrière le paravent pour écouter la pièce, vous en souvenez-vous encore ?

— Comment puis-je l'oublier ? Ce fut sans doute le moment le plus beau de ma vie. Moment bref, hélas ! qui s'est effacé comme un nuage. Comment le savez-vous ?

— Ce soir-là, dans l'orchestre, il y avait un jeune

violoniste assis au bout du rang. On pouvait le voir
depuis le paravent, vous en souvenez-vous ?

Le léger tremblement de la main dénote la surprise
et sans doute déjà le pressentiment d'une imminente
révélation.

– J'étais alors jeune et candide, sans rien connaître
de la vie. J'ai en effet vu le jeune musicien et je ne l'ai
pas oublié. Comment le savez-vous ?

– Vous vous appeliez alors mademoiselle Lan-ying.
Le jeune musicien portera plus tard le nom de Dao-
sheng.

A ces mots, Lan-ying ouvre sa paume et laisse Dao-
sheng y coller la sienne. Instant de muette communion
et d'extase hors paroles. L'intimité née de deux mains
en symbiose est bien celle même de deux visages qui
se rapprochent, ou de deux cœurs qui s'impriment
l'un dans l'autre. La corolle à cinq pétales, quand elle
éclôt, est un gant retourné de l'intérieur vers l'extérieur, elle livre son fond secret, se laisse effleurer par
la brise tiède qui sans cesse passe, ou butiner sans fin
par d'avides papillons et abeilles qui accourent. Entre
deux mains aux doigts noués, le moindre frémissement
bruit de battements d'ailes ; la moindre pression provoque une onde qui s'élargit de cercle en cercle. La
main, ce digne organe de la caresse, ce qu'elle caresse
ici n'est pas seulement une autre main, mais la caresse
même de l'autre. Caressant réciproquement la caresse,
les deux partenaires basculent dans un état d'ivresse

qui a peut-être été rêvé dans l'enfance, ou alors dans une avant-vie. Les veines entremêlées irriguant le désir se relient aux racines profondes de la vie ; les lignes entrecroisées qui prédisent le destin tendent vers le lointain, jusqu'à rejoindre l'infini des étoiles.

Lan-ying ne voit pas ; Dao-sheng, lui, voit. Il voit sa propre main jadis fine et rendue rude par les labeurs, superposée à celle de Lan-ying, blanche et lisse et qui, à cause de sa maigreur, laisse transparaître les os. Indéniablement, il y a là contraste, et pourtant quelle harmonie provenant sans doute du fait que chacune est dans l'élan de consoler l'autre. Lan-ying ne se lasse pas de caresser la peau passablement rugueuse de l'homme. Dao-sheng, de son côté, se dit que la main si tendre, offerte là, redeviendra pleine et charnue. Car la voix du devin, plus que celle du médecin, lui chuchote à l'oreille : « Maintenant que les deux prédestinés se sont véritablement retrouvés, aucun obstacle, aucune maladie, ne pourra plus entraver leur route ! » De fait, durant le mois qui suit, ce seront bien les médicaments et la force de l'amour conjugués qui vont agir sur la malade et la tirer de l'abîme. A chaque rencontre, à travers le rideau, la main de Lan-ying rejoint sans retenue celle de Dao-sheng. C'est tout ce qu'ils peuvent faire. Ce qu'ils peuvent faire est d'une terrible audace, ils le savent.

En même temps d'une innocence sans pareille, ils le savent aussi. Ils ne sont pas loin de penser que ce qui se passe en eux est aussi singulier qu'inédit. Sont-ils dans la pénombre de cette chambre ou hors du monde ? Sont-ils au cœur de l'après-midi ou hors du temps ? Ils ne se le demandent pas. Le destin les a réunis ; ils sont dans le destin. Il suffit peut-être d'obéir ; ou alors, il faut tout inventer. La main dans la main, au creux du lit fluvial depuis tant d'années desséché, la parole peut, à voix basse, de nouveau s'écouler.

D'autant que la circonstance est unique, tous les deux savent intuitivement que c'est l'occasion ou jamais de parler. Au début, à mots timides, ils évoquent leur première rencontre. Chaque mot ramène à la surface de la mémoire un lambeau qui, à côté d'autres lambeaux, tente de restituer, dans toute sa fraîcheur, la scène vécue comme un rêve et qui, pourtant, a présidé à leurs vies respectives. Mais suffit-il qu'ils s'en tiennent à la « scène initiale » pour pleinement se retrouver ? Entre-temps, chacun a vécu de son côté. La vie de chacun, longue traversée et long détour, n'apporte-t-elle pas sa part de lumière pour éclairer le sens de leurs retrouvailles ?

Comme il se doit, le fleuve de paroles coule d'abord de la bouche de Dao-sheng, lui qui connaît la vie de Lan-ying en ses grandes lignes, alors que cette dernière ignore tout de lui. Sans hâte et sans frein, il se lance spontanément dans un assez long récit. Les scènes s'enchaînent et s'imbriquent. Terreur-douleur d'un enfant privé brusquement de parents et jeté dans le dur univers des adultes, lorsqu'il a été vendu à la troupe théâtrale ; terrible régime de dressage assorti de brimades ; chance d'être repéré par l'un des anciens qui lui apprit à lire et à jouer du violon ; la soirée où Deuxième Jeune Seigneur Zhao le provoqua et, après la bagarre, le fit condamner au bannissement et aux travaux forcés dans les régions du Nord ; la périlleuse évasion suivie d'une période non moins périlleuse où, de ville en ville, la nécessité d'accepter n'importe quelle besogne faillit l'entraîner dans le milieu des malfrats ; décision de s'arracher à la vie dissolue et de monter au mont Huang ; nouvelle chance à lui offerte, celle d'être accepté par le Grand Maître taoïste qui lui enseigna médecine et divination ; impossibilité de devenir moine taoïste à cause du souvenir unique qu'il n'a jamais oublié ; vie errante en tant que médecin et devin avec, vissée au cœur, l'irrépressible nostalgie, celle du retour. « Je suis sans lien ni lieu. Plus de parents ni de pays natal qui m'attendent. Mon retour fut vers le sourire qui m'avait ébloui une fois pour toutes. C'est là que ma vie avait vraiment commencé, c'est là que ma vie devait s'achever. Instinctivement, je me rapprochais du Sud. Arrivé au bord du Yang-zi, regardant les flots, mon cœur a bondi ! Il suffisait de les traverser pour rejoindre le bourg où vivait la personne de mes pensées. Pourtant, une fois sur la rive sud, j'ai hésité. Qu'y trouverais-je ? Que pourrais-je faire ? Je suis alors monté au monastère du mont Gan, où je suis resté plus de deux ans. Temps nécessaire pour que je comprenne que, décidément, le sens de ma vie était de venir ici te retrouver, même si je ne pouvais rien espérer... »

Par rapport à la vie de l'homme, celle de Lan-ying paraît simple. Ce n'est là qu'une apparence. La vie de la femme, censée être de douceur, est pleine de contraintes et de frayeurs intérieures. Elle est semée, elle aussi, de perditions et de dangers de mort. Dans le cas de Lan-ying, c'est chez elle le processus d'un lent anéantissement, consécutif à un mariage marqué au sceau de l'avilissement et du mépris, c'est, on le sait, l'expérience de la fausse couche, c'est, comment l'oublier ! l'enlèvement par les bandits, au cours duquel elle a connu la violence humaine et la tentation du suicide. Incitée par la confidence de Dao-sheng, poussée par on ne sait quelle irrésistible envie, elle se met à relater, par bribes, cette aventure la plus saillante de sa vie. Le long voyage vers la montagne sous un soleil implacable ; la torture de la soif ; la chaise de fortune dans laquelle elle était assise, que les porteurs, pour s'amuser aussi bien que pour l'effrayer, lançaient en l'air au moment du changement d'équipe ; l'effort qu'elle fit pour ne pas crier, afin d'éviter de les exciter davantage ; les nuits dans la hutte gardée par deux femmes dont le ronflement rauque, mêlé aux cris des oiseaux de nuit, rendait plus insupportables sa peur et son angoisse. « Sans sommeil, je réfléchissais sur les moyens de me supprimer, si jamais un malheur m'arrivait. Je revoyais ma courte vie toute remplie de souffrances, non sans penser, bien sûr, aux seuls instants de bonheur, à quinze ans, puis à dix-sept, dix-huit ans, qui étaient comme tombés du Ciel. Pour revenir aux nuits passées là-haut, il faut ajouter que, de fait, le malheur redouté a failli arriver. Les bandits n'étaient pas forcément méchants ; ce sont des pauvres poussés à bout. Mais l'un des chefs, une brute, est entré une nuit dans la cabane, empestant l'alcool, vociférant. Je m'attendais à tout. Par chance, un autre chef est venu l'empêcher, lui rappelant qu'il ne fallait rien faire tant qu'on espérait la rançon. Ce chef d'ailleurs m'a signifié qu'il me connaissait de nom, parce qu'un membre de sa famille avait bénéficié de mes dons. Comme quoi, le rayon de Bouddha brille, même dans la nuit la plus noire. »

Son récit terminé, récit dont la spontanéité et l'audace l'ont étonnée elle-même, Lan-ying se sent épuisée. Gagnée par la pudeur également, elle rentre dans le silence. Elle ne peut que faire écho, par un mouvement de la main, à ce que dit l'homme :

– Il faut remercier Ciel et Terre ; on s'est enfin retrouvés !

– Oui.

– Qu'importe toutes les souffrances endurées. Puisque l'on s'est enfin retrouvés, on est sans regret.

– Oui.

– On s'est retrouvés ; on ne se sépare plus !

– Oui.

Par-delà leurs échanges, Dao-sheng se laisse envahir par le charme secret qui émane d'un gynécée, que sa vie de vagabondage ne lui a jamais permis de voir. Ces robes aux couleurs des quatre saisons accrochées derrière le paravent ; cette broderie inachevée posée sur le guéridon ; ce filet de fumée qui monte du brûle-parfum, plus ténu qu'une trace de larme ; ce rideau de lit immaculé que rehaussent quelques discrets motifs d'orchidée ; et ce prunus dehors qui dessine sur la fenêtre sa silhouette de grâce, comme le rappel d'un éternel rêve inachevé... Il engrange, tant qu'il peut, tout ce charme dans sa mémoire, avec la prescience que les circonstances dans lesquelles il se trouve ne résultent pas d'un arrangement humain, et que probablement elles ne se renouvelleront pas.

Durant cette période, Dame Fu-chun est venue plusieurs fois, le matin, pour s'enquérir de l'état de la malade. Un après-midi, elle passe à l'improviste. Heureusement, Dao-sheng est assis devant la table en train de noter une liste de médicaments à acheter. A une question de Fu-chun insinuant qu'il prend son temps, il rappelle avec gravité que Dame Ying revient de très loin, qu'elle a failli sombrer, et que, grâce au Ciel, elle est enfin sur la bonne voie. Son interlocutrice bredouille un remerciement et prend congé. Dao-sheng sait qu'avec la réponse qu'il vient de donner, le moment est proche où il ne pourra plus revenir.

8

Une fois rétablie, Lan-ying garde la chambre encore
une dizaine de jours. Un matin, cédant à l'appel de la
lumière printanière, elle décide de se rendre au temple.
Après de longs mois d'absence, grande est son impatience de manifester son sentiment de reconnaissance
au Bouddha. Une autre impatience la travaille en sour-
dine : elle s'efforce de ne pas y penser. Au fond d'elle-
même, elle est intimidée par la perspective de *revoir*
l'homme qui est désormais au centre de sa vie.

Dès l'entrée du bourg, il faut affronter la foule.
Celle-ci s'intensifie encore à l'entour du temple. Les
deux porteurs de la chaise, Lao Sun et Zhu le Sixième,
en ont l'habitude. Ils louvoient de droite et de gauche,
avant de réussir à poser la chaise devant la maison de
thé, située de l'autre côté de la place, et qui regarde le
temple. Sorties de la chaise, Lan-ying et Xiao-fang se
faufilent à leur tour pour gagner le temple à pied. Au
moment de gravir les marches, il leur suffit de tourner
la tête vers la droite pour apercevoir, non loin des

marches, l'éventaire de Dao-sheng, lequel, à cet instant, est aux prises avec un client. Avant de venir, Lan-ying a certes tenté en secret de reconstituer l'image de l'homme à partir de ses vagues souvenirs. A présent, la figure est là, dans toute sa concrétude, dont elle ne peut saisir, pour l'instant, que le profil. Une tête assez longue, portant fine barbe, les cheveux ramenés en arrière que retient une épingle de bois. Érodée par des décennies de « vents et sables », elle garde son port altier non dépourvu de noblesse.

A l'intérieur du temple, les deux femmes avancent parmi les fidèles venus en grand nombre. Sur l'autel, à distance, trône un haut Bouddha scintillant d'or. Elles allument des bâtons d'encens, les plantent dans le plateau rempli de cendres, puis s'agenouillent en récitant des prières. Après quoi elles reviennent au milieu de la salle où sont disposés de longs bancs presque entièrement occupés. Car c'est l'heure de la grande prière d'avant midi. A grand-peine elles trouvent deux places libres. Avant qu'elles aient eu le temps de s'asseoir, voilà que déjà arrive l'imposant groupe de moines et de bonzes vêtus de jaune, avec à leur tête le Grand Moine. Ils prennent place sur l'estrade, de part et d'autre de l'autel. En attendant que le silence se fasse, le Grand Moine promène son regard sur l'assemblée. Il aperçoit Lan-ying, hoche aussitôt la tête en souriant pour marquer sa joie de la voir guérie. Lan-ying répond par un signe de tête et reprend sa pose immobile. Quand la cérémonie commence, elle plonge, ravie, dans l'atmosphère envoûtante de la prière collective, faite d'obscurité trouée d'éclats irisés, de senteurs de bougies et d'encens, d'enivrantes litanies psalmodiées, ponctuées des sons cristallins des cloches, de ceux plus sourds de *mu-yu*[1] qui donnent efficacement la cadence.

Après la cérémonie, Lan-ying se sent légèrement fatiguée. Le bon sens lui dit d'attendre que le flot de la foule diminue avant de gagner la sortie. Dehors, l'agitation de midi est à son comble. Descendant les marches, elle est heureuse de voir que cette fois-ci Dao-sheng n'est pas occupé, bien qu'autour de l'étal rôdent toujours des badauds. Suivie de Xiao-fang, elle s'y dirige résolument. A Dao-sheng surpris de sa présence elle sourit avec naturel et dit : « Je sors aujourd'hui pour la première fois, et je viens vous remercier de m'avoir guérie. » En parlant, elle a le temps de dévisager enfin attentivement l'homme de son cœur, avec son front haut, ses sourcils nets et ce regard empreint d'intelligence et de sensibilité qui anime tout le visage. Elle croit même déceler, l'espace d'un éclair, l'expression assez superbe qui jadis l'avait fascinée, lorsque le jeune musicien, tête penchée, chan-

---

1. Instruments de bois en forme de poisson.

tonnait en lui-même la mélodie qu'il jouait. Dao-sheng répond d'une voix claire : « Il ne faut pas me remercier. Si Madame est guérie, c'est grâce à la protection du Ciel ! » Puis il sourit aussi. Ces phrases, d'une tournure bien trop formelle, sont destinées avant tout aux gens à côté qui écoutent ; leur vrai langage est leur sourire. Oui, c'est seulement par le sourire que désormais ils pourront communiquer.

La nouvelle de la visite de Dame Ying au temple se répand rapidement. Les pauvres savent que sous peu ils pourront retourner derrière le domaine des Zhao. Vient enfin le moment où le Grand Moine, prévenu par Lao Sun, annonce à tous la reprise de la distribution. Au jour dit, la plupart des anciens habitués sont au rendez-vous. Dao-sheng a quelque hésitation à venir. C'est en constatant que parmi les pauvres il y a des infirmes, tel le mendiant, et des personnes âgées, qu'il abandonne ses scrupules. Il se glisse, pour ainsi dire, dans la tradition de charité bouddhiste en aidant les uns ou les autres à marcher. Aussi, est-ce sans gêne aucune qu'il se présente devant Lan-ying. A son « merci » lorsqu'il lève son bol en un geste d'offrande, Lan-ying répond invariablement par : « Pas de quoi ; c'est le Bouddha ! » Pour tous deux, ce ne sont pas là de simples formules. Ils les disent avec dignité et gratitude, parce qu'ils sont sincèrement persuadés que cette possibilité d'échanger une fois par jour regard et sourire provient d'un bienfait divin.

C'est la fin du deuxième mois, il fait particulièrement doux. Un jour, après la distribution, Lan-ying et Xiao-fang, comme d'habitude, traversent le jardin pour retourner à leur appartement. Elles sont arrêtées sur le sentier par la vue pleine de fraîcheur de *chun-ya*[1] et de *di-cai*[2] qui poussent à même le sol. « Ah, ça fait si longtemps que je n'ai pas vu ces raretés, s'écrie Lan-ying. On ne les trouve qu'au printemps, ils sont bons pour le pâté impérial ! » Et de se baisser pour les cueillir en passant. C'est les mains pleines que les deux femmes reviennent à la cuisine. Lan-ying, inspirée, ajoute : « Il faudra dès demain améliorer et varier nos légumes cuits. On n'oubliera pas d'y ajouter, selon les saisons, des champignons, des bambous, des aiguilles d'or, des racines de lotus... »

Le lendemain, lors de la distribution, quelqu'un, son bol rempli, s'exclame : « On dirait un jour faste, ça sent rudement bon ! » Xiao-fang sourit ; Lan-ying de même. Le suivant qui vient tendre son bol reprend alors en écho : « Un jour faste, tout ce qu'il y a de plus vrai ! Je vois Dame Ying se dérider pour la première fois ! » Et tout le monde d'éclater d'un bon rire, répandant la fête sur ce coin de terre en friche.

---

1. Germes de printemps croquants.
2. Petits légumes verts et plats.

Ce jour-là, traversant le jardin au retour, Lan-ying est de bonne humeur. Le long du sentier, plantes et arbustes fleuris s'égaient de papillons. Un gros, somptueux entre tous, se pose sur un dahlia. Xiao-fang s'avance à pas feutrés, tente de l'attraper, et rate. Lan-ying la console : « Pourquoi l'attraper ? Il faut laisser vivre à leur guise les vivants. » De retour à la maison, sans attendre, elle va droit vers l'armoire d'où elle sort une boîte à bijoux. Après avoir fouillé dans le tas, elle en extrait une broche en argent représentant un papillon.

— Comme elle est jolie ! Je ne vous ai jamais vue la porter !

Xiao-fang sautille de joie en tapant des mains.

— C'est un cadeau que maman m'a donné à l'occasion de mon mariage. Je l'ai portée un moment, puis je l'ai laissée de côté et complètement oubliée.

— Mettez-la que je voie un peu.

— La mettre ? A mon âge...

— Le papillon n'a pas d'âge. Il est neuf chaque année. Vous aussi, vous êtes de plus en plus jeune, on le voit. Je dis que, pareil à un papillon, il faut faire comme son cœur l'entend. Ce qui est bon et beau n'a pas d'âge !

Quelques jours plus tard, Lan-ying de nouveau se rend au temple. A sa sortie, elle passe devant l'éventaire de Dao-sheng qui est en train de parler à un client.

Par discrétion, elle fait un simple signe de la tête. Dao-sheng, levant la tête, voit le visage rayonnant de sa dame et sa belle chevelure ornée d'un papillon. Il sourit, hoche la tête pour signifier son appréciation. Alerté par son geste, le client se retourne. Saisi par la beauté de Lan-ying, il la suit du regard jusqu'à ce qu'elle disparaisse dans la foule. Sans perdre sa contenance, sur un ton de vérité, Dao-sheng explique au client :

— C'est la dame de la maison des Zhao. Elle vient d'être guérie d'une grave maladie. Il faut remercier le Ciel. La beauté d'une femme vient bien du Ciel, n'est-ce pas ? Quand elle la retrouve, c'est plus précieux que tout l'or du monde !

Le client l'approuve avec force hochements de tête. C'est un homme cultivé, doué de riches qualités intérieures ; il n'est autre que le *xiu-cai*[1], éternel candidat aux examens de degrés supérieurs. Dao-sheng enchaîne :

— Cette fois-ci sera la neuvième fois que vous vous présentez à l'examen mandarinal ?

— C'est cela.

— Si vous échouez encore, estimerez-vous que vous avez raté votre vie ?

— C'est cela. Les sages n'ont-ils pas affirmé : l'homme digne de ce nom doit servir ; il doit participer

---

1. Lettré bachelier.

en troisième à l'œuvre du Ciel et de la Terre. Moi, ma manière de servir, ce sera par une fonction et par mes écrits.

— Comme c'est juste ce que vous dites là ! Votre idéal est tout à votre honneur. Mais est-ce qu'il n'est pas possible de changer la manière de voir les choses ? Par exemple, ne plus prendre l'examen mandarinal comme critère. Après tout, cet examen-là ne vient pas d'un décret du Ciel ; il est le fait des hommes. Il y a là-dedans plein de conventions figées, sans parler d'inévitables abus. J'espère ne pas vous offusquer en disant que vos poèmes, composés selon les règles imposées, ne sont pas tellement bons. Par contre, d'autres, qui vous sont venus comme ça, spontané-ment, eh bien, ils me touchent énormément ! On y sent quelque chose qui vous est unique ; un don du Ciel, quoi ! C'est aussi précieux, croyez-moi, que la beauté chez la femme.

— Merci de ces mots de réconfort. Mais comment être sûr de ce don, comment le repérer ?

— Comment le repérer ? Je crois qu'au lieu de cher-cher dehors, de scruter la réaction superficielle des autres, il faut d'abord plonger en soi, creuser jusqu'à toucher la racine, la source. C'est de là que quelque chose d'unique jaillit, tout comme, encore une fois, la beauté chez la femme qui doit toujours venir de l'intérieur et qui n'est pas une question de maquillage.

— A supposer que vous ayez raison, n'empêche que

sans la reconnaissance officielle, hors de la voie mandarinale, on ne peut pas se manifester, on ne peut pas
se faire valoir !

– Que dites-vous là ? La voie mandarinale n'est pas
la seule valable. La vie offre toutes sortes de possibilités ; on peut s'épanouir autrement. Écoutez, j'étais
jadis un musicien prometteur, j'obtenais pas mal de
succès ; on aimait mon jeu. Le destin en a décidé
autrement. A la suite d'un malheur, j'ai connu la vie
dure qui m'a abîmé la main. Plus question de continuer le métier de musicien. Un autre, à ma place, se
serait peut-être supprimé par désespoir. A force d'obs-
tination, j'ai trouvé une autre voie, celle que vous
savez, la médecine et la divination. Je pense y avoir
mis ce que je possède de mieux : une certaine intelligence, une certaine sensibilité, beaucoup de concentration et de dévouement. Quant à vous, vous n'avez
même pas besoin de changer de métier. Votre talent
est littéraire, n'est-ce pas ? Tant mieux si vous réussis-
sez les examens. Sinon, vos meilleurs écrits réjouiront
vos contemporains, étonneront éventuellement les
générations à venir. Ce sera, comme vous le disiez,
votre manière de servir.

Le lettré, un peu ébahi, ne trouve pas de mots pour
répondre. Il paie la consultation et s'en va d'un pas
lent.

Les jours passent. La gloire du printemps, déclinant, conserve ses ultimes éclats. Dao-sheng et Lan-ying jouissent du bonheur limité qui leur est accordé. Les rencontres quotidiennes derrière la maison, et surtout celles, plus espacées, devant le temple. Plus isolés, plus disponibles, ils peuvent avoir des échanges brefs mais intenses. Le moindre mot, le moindre regard, le moindre geste trouve une résonance plénière, les élève vers une sphère dont ils pressentent confusément la réalité. Dao-sheng ne compte plus les jours ; sa vie est centrée sur l'apparition régulière de la présence toujours égale à elle-même et toujours renouvelée. Présence charnelle qui ne laisse parfois de le troubler. S'il ose se l'avouer, il doit admettre le désir qui le taraude, celui de caresser de nouveau la main de la femme – ou la femme – si lisse et si douce, si consentante, par instants si ingénieusement active. Il sent qu'il est à même maintenant d'entrer en plus harmonieuse résonance avec elle.

Jusqu'ici dans son existence, au gré de ses pérégrinations, il a eu affaire aux femmes, sans jamais s'attarder à s'interroger sur ce qu'il faisait. Il n'oublie pas surtout l'époque de perdition qui avait suivi son évasion, où il fréquentait, avec un honteux cynisme, les quartiers malfamés de plusieurs villes du Nord. A présent, pour la première fois, il réfléchit sur l'être de la femme, sur l'essence du féminin. Il a la révélation que le *charme* de la femme, quand celle-ci n'est pas rabaissée par toutes sortes de conditions extérieures, vient

102

de ce qu'elle est la magique transformatrice, virtuelle-
ment capable de tout retourner en grâce aérienne, et
aucune tentative de l'avilir n'y peut rien. Elle est chair
certes, mais combien cette chair se transmue sans cesse
en murmures, en parfums, en radiance, en ondes infi-
nies dont il importe de ne pas étouffer la musique.
A bien y réfléchir, le corps de la femme incarne le plus
ardent miracle de la nature. Ou, plus précisément, c'est
la nature qui en elle se résume en miracle. N'est-il pas
vrai que toute la beauté de la nature s'y trouve : douce
colline, secrète vallée, source et prairie, fleur et fruit ?
Ne faut-il pas alors appréhender ce corps comme un
paysage ? Or, comme le maître taoïste l'a enseigné,
dans un paysage, plus que les entités substantielles,
il faut apprendre à communier surtout avec ce qui
émane d'elles, le rayonnement vert qui vient des
mousses, les vagues sonores qui viennent des pins, les
senteurs qui viennent de tous les sucs propagés par la
brume et le vent. Lui, Dao-sheng, en tout cas, subissant pour l'heure la privation, apprend à savourer par
la patiente lenteur. Il éprouve la curieuse sensation
qu'à défaut d'accéder à la chair, il entre plus avant
dans ce qui fait réellement l'être de la femme, à savoir
ce qui rayonne d'elle. En présence de Lan-ying, il
s'abandonne aux ondes rythmiques qu'impulsent le
souffle et le fluide qui circulent en elle. Ces ondes le
mènent, avec une surprenante sûreté, au secret ravissement.

103

Ravissement causé aussi par l'intrusion de moments de détente simples et familiers. Comme ce jour où les deux femmes sont accompagnées de Gan-er. Celui-ci, voyant Dao-sheng, s'écrie : « Mais c'est le monsieur qui est venu à la maison soigner Dame Ying ! Il est donc assis ici, en pleine rue. Quel bon endroit ! On y regarde le spectacle à longueur de journée. Je veux être devin ! » Cette phrase déclenche un rire sonore chez Xiao-fang et un rire plus discret chez sa maîtresse. Essuyant ses larmes, la servante fait remarquer à l'adolescent : « Faut savoir ce que tu veux dans la vie. Tout à l'heure, dans le temple, t'as trouvé si beau le chant des moines que t'as décidé de devenir bonze ! »

9

Le jardin qu'on traverse pour aller à la porte arrière de la maison serait revenu à l'état sauvage, si Lao Sun ne s'en occupait de temps à autre selon ses humeurs et son bon vouloir. Autrefois Lan-ying le traversait en suivant le sentier, d'un pas pressé, sans trop regarder à droite et à gauche. Elle évitait les choses de la nature qui signalent le changement de saison, de peur d'aviver en elle la mélancolie ou la nostalgie. Maintenant, elle ralentit d'instinct sa marche, s'y attarde volontiers. Pour tout dire, elle se résout plutôt difficilement à regagner son appartement après la distribution des nourritures.

L'été est à son apogée. Le monde végétal déploie à profusion ses trésors de couleurs et de senteurs. Le long du sentier poussent dru des herbes sauvages entre-mêlées de minuscules fleurs sans nom. Lan-ying s'arrête, se met en devoir d'en arracher les plus longues avec les mains. Elle se rend vite compte que ces plantes sont plus coriaces qu'elle ne l'imaginait. Témoin de l'effort pénible de sa maîtresse, Xiao-fang se précipite vers la cabane, non loin de la porte arrière. Elle en rapporte un panier rempli de plusieurs outils, faucilles et cisailles. Sans appeler à l'aide, les deux femmes s'appliquent avec patience à refaire tout le sentier. Celui-ci retrouve, au bout de deux ou trois jours, son aspect accueillant d'antan.

Encouragée par ce résultat, au prix, il est vrai, d'égratignures et de petites blessures, Lan-ying s'attaque parfois, avec l'aide de Xiao-fang, aux bandes de fleurs et aux groupes d'arbustes. Elle arrache des branches mortes, coupe ou redresse des tiges cassées, arrose celles des fleurs qui demandent le plus de soins, pivoines, dahlias, chrysanthèmes. Peu à peu, elle reconnaît le visage de chaque fleur, sait donner à chacune un nom. Quand elle appelle les fleurs par leur nom, elle a l'impression de s'entendre appeler par son nom le plus intime. Ce nom intime – Lan-ying, « Fine orchidée » – utilisé dans l'enfance, délaissé peu après son mariage au bénéfice d'une appellation plus respectable – Ying-niang, « Dame Ying » –, rendu à son éclat premier par quelqu'un qui n'a connu que ce nom et qui, toute sa vie, a tendu vers lui. Ce nom si chargé de la pensée de l'autre la rend à sa plénitude d'être, tel ce jardin renaissant grâce aux fleurs qui recouvrent leur beauté et leur nom. Elle, Lan-ying, indéniablement, a vieilli. Ne pourrait-elle pas, toutefois, considérer toutes les années perdues comme un cauchemar

106

ou une parenthèse qui ne peuvent entraver son élan initial ?

A l'image du jardin, un jardin qu'elle aura pour tâche de faire revivre. Pas tout le jardin, seulement la moitié, sa partie gauche. L'autre moitié constitue le « fief » naturel de Deuxième Seigneur ; depuis sa chambre, par la fenêtre, il embrasse du regard toute cette partie-là. Aussi Lan-ying n'y met-elle que rarement les pieds. La division du jardin est assurée efficacement par la rangée d'arbres – sophoras, acacias, pins, peupliers – qui bordent le sentier à sa droite et qui, à la belle saison, forment un vert paravent dispensant généreusement ombre et fraîcheur. Sous un des acacias pend toujours la balançoire dont les cordes usées sont noircies par les intempéries. Fréquentée à présent par les seuls enfants, elle tentera sans doute les grandes personnes aussi, lorsqu'elle sera remise à neuf.

Pour l'heure, Lan-ying a fort à faire du côté gauche du sentier. Son « fief » à elle est loin d'être pauvre. Il lui apparaît comme la meilleure part du jardin. Sans compter les plantes et les fleurs à foison, il y a la montagne artificielle, faite de gros rochers empilés, et, plus loin, un étang qui, pour l'instant, est en piteux état. Quelques lotus aux feuilles jaunies languissent dans une eau à demi stagnante. Elle fait venir Lao Sun et Zhu le Sixième, leur demande de restaurer l'étang. On draine et débouche la conduite. On remplace la vieille terre par de la fraîche. On y plante de nouveaux lotus. Bientôt, les poissons rouges et les libellules à fleur d'eau animent de concert ce clair espace de leurs mouvements insouciants. Portées par de larges feuilles sur lesquelles roulent des gouttes comme autant de perles, les fleurs de lotus, parvenues à maturité, donnent maintenant toute la mesure de leur magnificence. Les plus blanches rivalisent de grâce aérienne avec les bouquets de nuages que l'étang reflète ; les rouges, avec leurs pétales extérieurs rose pâle et leur pointe au ton carmin, véritable sein nu, fascinent par leur essence charnelle.

Les jours d'été s'étirent en longueur ; les après-midi paraissent interminables. Il y a peu encore, la vie de Lan-ying frappait par sa monotone régularité. Sa journée, à l'intérieur de la maison, se passait en travaux de couture, de broderie, en confection de moufles ou de chaussures. La préparation des repas, à laquelle elle participait, lui prenait du temps. La distribution des nourritures et les visites au temple étaient ses seules sorties, toujours trop rapidement effectuées. Cette vie confinée ne résiste plus à l'appel du dehors. Quand sa servante s'absente pour le lavage ou des courses au bourg, elle prend l'habitude de sortir de sa chambre, comme malgré elle, comme obéissant à un ordre, et de se diriger vers l'étang. Là, elle se sent à l'unisson des chants d'oiseaux et du bourdonnement des abeilles. Dans la chaleur éblouissante, elle s'enivre des senteurs de l'herbe qui montent du sol craquelé. Assise au bord, elle frappe distraitement la surface à l'aide d'une tige de saule qui provoque des ronds. Ceux-ci, traversés de poissons rouges, s'élargissent dans un mouvement rythmique excentrique. Elle goûte ce moment de paix. Néanmoins, des doutes et des craintes, des attentes difficiles à formuler troublent la sérénité qu'elle éprouve.

« Ce coin de jardin, à l'abri de tout, n'est-il pas merveilleux ? La silhouette des lotus, si attirante, le gazouillis des loriots, si agréable ? Apparemment, tous ces êtres jouissent du bonheur d'être là. Il n'y a rien à en dire. Et les hommes, dans quel but sont-ils venus sur cette terre ? Que ne connaissent-ils la même lenteur, la même confiance et le même bonheur de vivre que les plantes ! La réalité est tout le contraire. A part un nombre infime, combien sont heureux ? Si l'on croit notre Bouddha, partout le malheur règne. Plus malheureux encore est le sort des femmes... Voilà, si tout est toujours malheureux, il n'y a rien à en dire. Il a fallu qu'au milieu du malheur, de temps en temps, un miracle se produise. Il a fallu que ce miracle se produise dans ma vie ! C'est difficile à comprendre. J'avais cru faire un beau rêve à l'âge de l'innocence. Je pensais que tout était parti en fumée, qu'on ne pouvait espérer autre chose que dans une vie future. Voilà que trente ans après, ce rêve devient réalité.

109

L'homme de mon rêve est entré dans ma chambre, si incroyablement proche. En ce moment même il n'est pas loin, juste hors du mur d'enceinte. Il y a trente ans, nous nous sommes vus le temps d'une soirée, et nous ne pouvions plus l'oublier. Comment le pourrions-nous, maintenant que nous nous retrouvons presque tous les jours ? Se voir une fois par jour constitue sûrement le bonheur. Chaque fois si brève, sans pouvoir se dire un mot, quelle souffrance ! Donc, dans le malheur, on découvre le bonheur ; dans le bonheur, on découvre la souffrance, c'est difficile à comprendre. Allons-nous continuer comme cela ? Et après ? Comme ce serait bien si je pouvais parler une bonne fois avec Dao-sheng. Il est devin, il doit y voir plus clair... »

A ce point de sa réflexion, Lan-ying tressaille. Un souci plus grave surgit en elle : « Qui m'a donné tant d'audace pour agir ainsi, pour penser ainsi ? J'étais une fille de bonne famille, je suis une femme mariée respectable. Est-ce possible de se comporter comme je le fais, ou comme je me laisse faire ? Y a-t-il faute ? Y a-t-il péché ?... » Lan-ying est maintenant dans l'inquiétude. Chaque jour qui suit, sa pensée s'y reporte sans répit ; son obsession la hante davantage dans la nuit. Ce nœud en elle, quelqu'un peut-il l'aider à le dénouer ? La seule personne dans la confidence est Xiao-fang en qui elle a entière confiance. Celle-ci est-elle capable de partager son souci ? Et puis, suffit-il d'ouvrir la bouche pour aborder cette chose qui heurte la pudeur ?

Finalement, c'est Xiao-fang elle-même qui la force à ouvrir son cœur. Sa servante a bien remarqué son air pensif, ainsi que sa subite hésitation à aller au temple. Robuste et de caractère entier, Xiao-fang est faite d'une pièce. Dans la vie pratique, elle a toujours fait preuve d'efficacité, non dépourvue cependant de délicatesse. Sur le plan du sentiment, en revanche, elle ne s'embarrasse pas de nuances et s'en tient à un solide bon sens. C'est ce bon sens probablement qui lui insuffle la volonté de rester célibataire, ayant été témoin du sort de tant de femmes en mariage. Depuis qu'elle est entrée dans la famille Zhao, elle se voue corps et âme au service de Dame Ying, sans prêter l'oreille au conseil de cette dernière qui, durant les premières années, lui demandait de ne pas exclure la possibilité de fonder un foyer. Elle assiste sa maîtresse dans les tâches quotidiennes, l'accompagne dans ses déplacements, la soigne quand elle est malade, la lave, la couche. Au cœur de la grisaille qu'est la vie de Dame Ying, elle est un constant jet de lumière.

Elle fait sien ce qu'a vécu et ce que vit celle qui est devenue le but de sa vie, toutes ces épreuves après le mariage, et cette exceptionnelle aventure avec Dao-sheng qui bouleverse son existence. Sans être à même d'entrer dans les arcanes de la passion amoureuse, capable tout de même d'humaine compréhension, elle

111

a ses idées là-dessus, inspirées par son ardent désir de tirer sa maîtresse de l'abîme de l'angoisse. Profitant d'une heure propice, elle l'interroge et livre sans détour son opinion sur la question.

— Vous parlez de famille respectable, est-ce vrai ici ? Tout ce que Deuxième Seigneur a fait, on le sait. Sans parler de choses qu'on ne savait pas. L'histoire de Dao-sheng par exemple. Si lui-même ne nous l'avait pas racontée, on n'en aurait jamais rien su. Heureusement que le Ciel veillait sur lui ; il lui a permis de revenir vivant. Lorsque vous-même, Dame Ying, vous êtes revenue de chez les bandits, le Grand Moine a cité un proverbe : « Qui survit à une calamité connaîtra un bonheur tardif. » Je crois que c'est ce qui vous arrive... Et puis, pourquoi ne pas le dire : Deuxième Seigneur vous a laissée de côté ; il ne se soucie plus de vous. Comment oublier qu'il a tardé à payer la rançon aux bandits. Il était en piteux état, c'est vrai ; mais ça touchait quand même votre vie ! Cette fois-ci, vous étiez gravement malade, il ne se montrait pas si préoccupé que ça. Il a envoyé plusieurs fois Dame Fu-chun ; quand elle demandait des nouvelles, sa voix sonnait faux... Et puis, je dirais encore ceci. L'autre jour, j'ai pensé en moi-même : après tout, Dao-sheng et vous, vous vous êtes rencontrés bien avant votre mariage. Vous étiez comme prédestinés. Ah, si le Ciel avait arrangé autrement !...

Lan-ying esquisse un sourire. Un sourire amer qui

dénote qu'elle a été touchée par le franc discours de Xiao-fang. Dans un soupir, elle dit :

– Oui, avant le mariage. On aimerait bien croire à un *yuan*[1]. Peut-être était-ce dans une vie antérieure ? C'est si loin. Tant de choses ont passé. Cela dit, je vois que Dao-sheng a changé, sans avoir tout à fait changé. Il a failli sombrer, mais il est resté le même homme, pur et vrai comme autrefois...

Xiao-fang s'empresse d'ajouter :

– Dame Ying a changé, sans avoir changé ; vous êtes restée la même femme, pure et vraie comme autrefois !

Cette femme qui a « changé sans changer » ne saurait rester inaperçue de Deuxième Seigneur. Assis devant la fenêtre ouverte, il a le regard accroché par la fraîche image qui apparaît et disparaît là-bas derrière le rideau d'arbres, image d'une femme à la figure étonnante de charme. Vêtue d'une robe couleur vert tendre, voilà qu'elle réapparaît et s'attarde devant de hautes pivoines, suffisamment longtemps pour que l'observateur ait le temps de l'identifier. Silhouette un peu alourdie par l'âge, mais qui conserve, pour peu qu'on sache voir, l'élégance innée d'antan. Nullement éclipsée par la magnificence des fleurs, elle irradie d'on ne sait quel éclat transparent et serein qui dénote une

---

1. Cause prédestinée.

113

chair secrètement épanouie. « C'est quand même incroyable, les femmes ! Il est dit que "femme dix-huit fois change" : mais on parle là de jeunes filles. Qu'une femme de près de cinquante ans change ainsi, ça dépasse l'entendement. Changer en plus laide, passe encore. Changer en plus belle, je ne comprends plus. Qu'est-ce donc qui est arrivé ? »

10

La survenue de ce phénomène combien inattendu bouleverse l'enlisement dans lequel, jour après jour, mois après mois, s'enfonce Deuxième Seigneur. Pour lui aussi, la chose se résume ainsi : « Avoir vu donne envie de revoir. » Chaque jour, à l'approche de midi, il demande qu'on le transporte près de la fenêtre. Calé dans son fauteuil, dissimulant son excitation, d'un air expressément distrait, il commence sa séance de guet.

Dame Fu-chun est ravie de cette nouvelle habitude qui lui ménage un peu de répit dans sa vie vouée au service d'un maître peu commode. « Comme c'est bon de s'asseoir un peu près de la fenêtre ! L'air y est meilleur. Rester tout le temps au lit, à la longue, ça fatigue ! »

Deuxième Seigneur ne cherche pas à répondre. Il se contente de grommeler : « Ben oui, c'est les beaux jours. Y a des fleurs ; ça distrait... » Tout en parlant, il jette un regard oblique dehors ; une ombre claire semble déjà se glisser entre les arbres. Mais non, il n'est pas midi ; il faut patienter encore un bon moment. De la main, il fait un geste vers l'intérieur de la chambre pour signifier qu'il désire rester seul.

Attente patiente, qui exige vigilance. A partir du moment où il a capté l'image, vue de profil, puis de dos, de celle qui marche d'un bon pas vers la porte arrière, il doit rester sur ses gardes pour ne pas rater son retour. Par bonheur, le retour en question s'effectue, la plupart du temps, de manière plus nonchalante. Dame Ying se plaît, apparemment, à jouir de ce que le jardin offre en cette saison. Mais jouir de sa figure à elle se révèle chose moins aisée qu'on ne l'imagine. Il faut, de son siège, se dresser en avant, tendre le cou pour dépasser le rebord de la fenêtre, tout en prenant soin, à tout prix, de ne pas se faire voir. L'objet de la convoitise, ce corps épanoui devenu si attirant, comme par exprès, se dissimule derrière des touffes d'herbe et des feuillages ; on dirait qu'il joue à cache-cache avec un invisible partenaire. A un moment donné, toutefois, la figure rêvée se livre entière, entre deux troncs, éclaboussée de soleil. Deuxième Seigneur concentre alors son regard sur l'objet, écarquillant les yeux à se faire mal. Il sait que la charmante vision ne durera pas. De fait, elle disparaît rapidement, laisse dans sa bouche haletante un goût amer. L'effet désastreux est comparable à ce que ressent un affamé qui, l'eau à la bouche, s'apprête à dévorer un plat succulent qu'on lui retire brusquement. L'effacement de la vision

116

peut durer longtemps si, par malheur, la femme a l'idée de se rendre derrière la montagne artificielle. Les nerfs du voyeur sont mis à rude épreuve, sans que pour autant il puisse relâcher l'attention ; il s'agit de ne pas rater le moment où elle va resurgir. Dans cette affaire, n'est-ce pas ? aucun élément n'est négligeable, chaque instant peut procurer des délices inattendues. Tant d'efforts laborieux méritent sans doute récompense. De nouveau en vue, le corps désiré se courbe pour chercher dans l'herbe on ne sait quelle fleur sauvage. Il livre au regard ses fesses dans toute leur rondeur charnue. Ah ! les femmes, par inadvertance, ont de ces positions qui vous chavirent de vertige. D'autres surprises, tout aussi « divines » : accompagnée de Xiao-fang et de Gan-er, elle court, les bras levés, pour attraper les papillons en vol ; ou en tenant les cordes de ses blanches mains, elle se laisse porter par la balançoire, laquelle agitant l'air soulève de temps à autre le bas de sa robe...

L'homme gigote sur sa chaise et se parle à lui-même, sur le ton cynique et vulgaire, qui jadis plaisait tant à ses amis : « Faut admettre qu'il y eut un temps où cette femme me plaisait. J'étais jeune alors. Très rapidement j'ai compris qu'il ne suffit pas qu'une femme soit jolie, encore faut-il qu'elle sache cajoler, dorloter, qu'elle soit capable au lit de jouer à fond de ses atouts. Si elle reste froide et muette, raide comme une planche, même une déesse, ça ne sert à rien ! Ensuite, fausse couche après fausse couche, c'est devenu pire. Une mine d'enterrement, et cet air dégoûté, plus question de bander ! Pas étonnant qu'à cette époque je m'emportais à tout bout de champ. Je l'engueulais pour un oui ou pour un non ; elle ne savait que chialer. Résultat, elle devenait franchement moche. Normal que je me sois rabattu sur des *ya-tou* [1] et que j'aie fréquenté les bordels. Oui, j'ai pris des concubines, et alors ? A vrai dire, elle n'existait plus à mes yeux. Je n'avais plus envie de la voir. Je lui laissais la partie ouest du domaine, avec Xiao-fang à son service ; comme ça, j'étais tranquille. Quand elle a été enlevée par les bandits, ces salauds ont demandé des sommes faramineuses. On avait hésité un peu. Oh ! juste un peu, pas de quoi nous accuser d'être sans cœur. J'étais entre la vie et la mort alors. Et puis, on a tout de même tout payé. Un peu moins, il est vrai, grâce au Grand Moine. Ce Grand Moine a garanti qu'elle n'avait pas été touchée. Je veux bien le croire. Avec son air glacial, elle arriverait à décourager un régiment ! Toujours est-il qu'après son retour je l'ai plus que jamais laissée de côté... Maintenant, par la force des choses, je m'abandonne aux soins de Fu-chun. Faut admettre qu'elle fait ce qu'il faut. Encore que je ne sois pas dupe de ce qu'il y a de forcé et de faux. Avec un type ratatiné comme moi, une femme ne trouve pas son compte... »

---

1. Jeune servante.

Les jours passent avec leurs hauts et leurs bas. Un après-midi, Deuxième Seigneur se découvre encore et toujours vissé à sa chaise devant la fenêtre. La pensée obsédante tourne autour de sa tête, aussi énervante qu'une mouche ; plus on la chasse, plus elle revient. « Qu'est-ce que tout cela veut dire ? Qu'est-il arrivé au juste ? Arrivé à Dame Ying et, par ricochet, à moi ? Cette femme que j'ai épousée en grande pompe, aux yeux de tous, est devenue quelqu'un que je ne reconnais plus. Quelqu'un de ridé, de rabougri, ce serait dans l'ordre des choses. Quelqu'un d'ensorcelant et qui échappe à mon contrôle, c'est incompréhensible, c'est insupportable ! Comment vit-elle ? Que fait-elle à longueur de journée ? En gros, je le sais. A peu près la même chose, quoi. Donner à manger aux pauvres, aller brûler de l'encens au temple... Rien de spécial, apparemment. Le reste du temps, elle tournicote, tournicote à me donner le tournis !

Elle ne fait rien de spécial ? Eh bien, faut que je fasse quelque chose, moi. Cloué ici, sans bouger, comme "le paysan qui attend le lièvre au pied de l'arbre", alors que bouillonne ma poitrine, c'est plus une vie, c'est pire que le bagne ! » A cette pensée, un désir jaillit chez Deuxième Seigneur : sortir, aller au bourg, s'y tremper ne fût-ce qu'un bref instant. Ce désir l'a-t-il jamais effleuré depuis qu'il est paralysé ? Sans doute non. Peut-il encore se montrer devant les gens ? Peut-il encore avoir envie de les rencontrer ? Ses anciens amis, compagnons de débauche, il y a belle lurette qu'ils ne viennent plus frapper à sa porte. Si par hasard la rencontre a lieu, tout au plus obtiendra-t-il d'eux quelques paroles de complaisance ; on peut être sûr que par-derrière ils vont se gausser de lui. D'ici, il les voit déjà se lancer de grosses plaisanteries : « Comment notre Deuxième Seigneur s'y prend-il avec une femme au lit ? Comment bouge-t-il ? Bande-t-il encore ? » Ah, les beaux jours d'antan ! On déambulait de palace rouge en pavillon vert, le vin coulait à flots, le jeu durait toute la nuit, et les filles étaient à disposition. Tout cela hors de portée maintenant, quel crève-cœur ! Dans ce contexte, Deuxième Seigneur est le premier à s'étonner qu'il ait de nouveau la velléité de ressortir. En aura-t-il le courage ? Cela dit, il se rassure en songeant qu'il n'est pas tellement question de courage ; puisqu'il ne s'agit nullement de se montrer. S'il sort, il restera dans la chaise. Derrière le rideau, il doit pouvoir regarder à loisir ce qui se passe autour. C'est plutôt là qu'il lui faudra du courage. Regarder tout le monde courir d'un endroit à l'autre, s'affairer joyeusement, c'est difficilement soutenable. Sans puissante motivation, il n'oserait pas affronter le monde extérieur de son plein gré. Or, puissante précisément est sa motivation d'aller voir Dame Ying. Bien voir. Et à fond. C'est-à-dire, pas de manière intermittente, fragmentaire, floue, mais la personne entière, en pleine lumière. Voir ce qu'elle fait, comment elle se tient, comment elle marche. Finir par en saisir un peu le mystère caché, ou en tirer beaucoup de saveurs. A ce point de sa réflexion, Deuxième Seigneur se rend à l'évidence : durant sa vie, il a abusé de beaucoup de femmes, mais il ne les a jamais vues. Pour lui, les femmes n'étaient qu'un tas de chairs appétissantes, à leur vue il avait envie de les croquer, il se précipitait dessus. Avait-il vraiment la patience de regarder une femme calmement, humblement, silencieusement ? Regarder comment elle vit, comment elle rêve, comment elle se recueille et se transforme. Comment elle impulse son rythme et déploie son espace, à l'instar d'un éventail, dans les plis duquel sa beauté originelle graduellement propage son rayonnement. Cette exigence-là relevait quasiment d'un autre ordre, lequel n'était pas à la portée de Deuxième Seigneur. Qu'en est-il à présent ?

Ce jour-là, en raison de l'absence de Lao Sun et de Zhu le Sixième, Deuxième Seigneur sait que Dame Ying est allée au temple. Pour sortir et porter l'autre chaise, il doit faire appel aux deux gardiens de la porte. Ceux-ci, bien que plus âgés, peuvent s'acquitter de la tâche sans broncher, tant ne pèse plus très lourd leur maître. Dame Fu-chun revient d'un papotage chez les voisins. Mise au courant de la nouvelle, elle demeure un bon moment ébahie, puis son visage bombé se fend d'un large sourire : « Mais oui, quelle bonne idée de sortir se distraire un peu ! » Cela signifiera pour elle un vrai moment de répit. Elle sera dispensée de plaintes et de gémissements. Et moins dérangée pour apporter le thé, allumer la pipe, frictionner le cou ou autres massages.

Les deux porteurs ont beau prendre mille précautions, ils ne peuvent éviter en ville que la chaise ne soit secouée, ce qui met les nerfs de Deuxième Seigneur à vif. Enfin, ils poussent un ouf en posant la chaise à l'endroit désigné par leur maître. Légèrement à l'écart, il jouit néanmoins d'une vue assez confortable sur la place et le temple. Tandis que les deux porteurs se reposent accroupis derrière la chaise, fumant leurs pipes, commentant les spectacles de la rue, Deuxième Seigneur, à son corps défendant, se repaît des sons, des couleurs, et surtout des odeurs qui affluent de partout. Du mouvement incessant des passants aussi. Pareils à des poissons dans un aquarium, ils foncent vers des objectifs précis, tout en esquissant des courbes extraordinaires pour s'éviter. Immobilisé depuis tant d'années, l'homme derrière le rideau de sa chaise est effaré de leur agilité.

Scrutant plus loin, il voit que les gens commencent à sortir du temple, signe que la cérémonie de la prière est terminée. Parmi eux, bientôt, Dame Ying, suivie de Xiao-fang. Son apparition ainsi que l'allure avec laquelle elle descend les marches l'ébranlent littéralement. Il a enfin de la personne une vue globale. Quelle vue, quelle présence ! Du fond de la lumineuse simplicité s'affirme on ne sait quoi de souverain. Le Grand Moine a eu le toupet de parler d'une sainte. Peut-être après tout a-t-il raison ? Ne fait-elle pas penser à quelque Guan-yin [1] qu'on représente dans les tableaux ou par des statuettes ? L'image de Guan-yin secoue le corps de Deuxième Seigneur d'un choc douloureux. « Que suis-je devenu ? se dit-il. Le problème de la paralysie mis à part, comment puis-je m'imposer encore, avec superbe, à cette femme ? Comment me mettre seulement devant elle, avec mes dents jaunies par l'opium, mes joues à la peau rêche comme un morceau de lard séché, et ces rares cheveux plus hirsutes qu'une touffe d'herbe en hiver ?... »

Voici que Dame Ying est au bas de l'escalier. Elle se dirige vers la droite, vers un étal installé là. Elle fait un signe à quelqu'un qui est assis derrière. Ah oui ! c'est le devin qui professe aussi la médecine. Un de ces charlatans qui de temps en temps réussissent à guérir. Enfin, il l'a guérie, faut pas en demander plus. Maintenant elle tourne à droite. Pour aller où ? Ah oui, pour regagner la chaise. Lao Sun et Zhu le Sixième ne viennent-ils pas de sortir de la maison de thé ?

---

1. Figure féminine devenue déesse dans le panthéon bouddhique.

11

L'hiver a imposé un ralenti aux activités des humains. Avec l'arrivée de l'année nouvelle, on se laisse entraîner dans un autre cycle. Le printemps plutôt tardif ne change rien au calendrier qui suit son cours inexorablement. Passé le *Qing-ming*[1], où la pluie était de mise, les jours rétablissent enfin leur règne, plus calme, plus clair, plus doux. Puis vient le *Duan-wu*[2] qui, inaugurant le cinquième mois, fait glisser l'année sur le versant de l'été. Dans la journée, le bourg grouille plus que jamais de monde. Les travaux des champs connaissant une période de répit, les paysans des environs, sans se donner rendez-vous, convergent vers le bourg, qui pour vendre ses produits au marché, qui pour écouler ou échanger son bétail, qui pour faire réparer ses outils malmenés, se pourvoir en huile, en sel, en tabac.

---

1. Fête des sacrifices aux morts, au troisième mois de l'année.
2. Fête du Dragon, le cinquième jour du cinquième mois.

L'époque est aux troubles. L'Empire n'a plus de Ming[1] que le nom ; de la Cour jusqu'à l'échelon le plus bas de la société règne la corruption. Impôts et corvées s'accumulent. Par-dessus le marché, il y a eu de mauvaises récoltes plusieurs années de suite dans différentes régions. De partout parviennent des nouvelles de soulèvement, de rébellion. La région d'ici est relativement riche, il y a moins de déshérités qu'ailleurs ; on a pourtant eu affaire à des bandits. Depuis lors, la préfecture a renforcé la défense, installé une garnison dans le bourg. La population bénéficie – pour combien de temps ? – d'une paix précaire. La vie des petites gens est de plus en plus difficile, sans que pour autant ils perdent de leur vitalité. Les rues du bourg, encombrées de carrosses et de charrettes, bruissent de leurs harangues. Favorisée par le temps chaud, l'animation se colore, en outre, de mille bigarrures. Les femmes ont mis leurs habits qui chatoient de transparence. A tous les coins de rue, sur les étalages, les nouveaux fruits sont arrivés. Alors que nèfles et cerises rivalisent de fraîcheur, les pastèques, elles, fendues en quatre, exposent sans vergogne leur chair rouge sang.

Les visites de Dame Ying au temple deviennent plus fréquentes et le temps qu'elle y reste plus long. La raison en est que, le nombre de fidèles ayant

---

1. Ming signifie « clarté ».

augmenté en cette période, la cérémonie de la prière collective s'étend. Consécutivement, les sorties de Deuxième Seigneur se multiplient aussi. Malgré l'inconfort causé par l'attente plus longue, confiné qu'il est dans sa chaise, il ne s'en lasse pas. D'aucuns, comme lui-même d'ailleurs, peuvent se demander pourquoi, car au fond ce qu'il y a à voir ne varie guère. Pourtant, nourrie par son imaginaire, son excitation est à son comble chaque fois qu'il voit apparaître, du haut des marches, l'élégant corps qui, bien en chair maintenant, ne donne jamais l'impression d'être alourdi par l'âge. C'est peu dire qu'elle tranche au milieu des autres femmes. Avec une grâce naturelle, le visage rayonnant, elle descend pas à pas les marches. On perçoit en elle un sens inné du rythme dont elle n'a probablement pas conscience. Malheureusement tout cela ne dure pas. Au bas de l'escalier, cachée par la foule, elle est moins visible. On la voit passer devant l'éventaire, faire un signe à celui qui est assis derrière ; parfois pas de signe du tout, juste un regard, quand celui-ci est occupé. « A propos, se dit le voyeur, ce pseudo-taoïste exerce la médecine, mais il est avant tout devin. Apparemment, elle ne songe jamais à lui demander une prédiction. En fait de prédiction, c'est plutôt moi qui en ai besoin. Moi, Deuxième Seigneur Zhao, j'aimerais savoir combien de temps il me reste à vivre. Oui, une prédiction.

Mais pas dans l'immédiat ; faut pas que Dame Ying sache que je la suis ! »

Qu'il faille attendre longtemps Dame Ying pendant sa prière n'arrange pas Deuxième Seigneur, mais ravit singulièrement les deux porteurs de chaise Lao Sun et Zhu le Sixième. Surtout Lao Sun pour qui c'est le seul loisir qu'il puisse goûter. Zhu le Sixième apprécie plus modérément, lui qui a l'habitude de venir au bourg le soir après le dîner pour jouer ou s'amuser. Cela dit, comment refuser de boire quelques verres de plus dans la maison de thé, de discutailler avec son compagnon de tout et de rien, en attendant que la patronne sorte enfin du temple ? Les deux hommes, au caractère si différent, n'ont guère l'occasion de se connaître vraiment. Lao Sun, plus âgé, vient de la campagne. C'est en fuyant la famine que de village en village il a un jour échoué dans la maison des Zhao. Lent en paroles et en gestes, doté en revanche d'un fond d'honnêteté sans faille, il jouit de l'entière confiance de ses maîtres. Zhu le Sixième, lui, a grandi dans la ville. Au contraire de son compagnon, il est aussi adroit que loquace, se montre alerte dans ses reparties et rapide dans l'exécution des tâches. L'honnêteté n'est pas son fort, quoiqu'il s'en cache bien. Il a été recruté par Premier Seigneur, en raison de ses connaissances en arts martiaux. Auparavant, il avait servi au *ya-men* dont il supportait mal la stricte discipline. Son travail actuel, même harassant quelquefois, lui plaît mieux dans la mesure où il dispose au moins des soirées, pour son épanouissement personnel.

Ce jour-là, un bon soleil inonde la place devant la maison de thé. L'ambiance à l'intérieur n'est pas moins chaleureuse. La patronne et ses deux filles, blouses légères et bras nus, circulent entre les tables dans le brouhaha enfumé. Quand elles ramassent bols et assiettes, le tintement des porcelaines ivoire souligne à souhait la tendresse de la peau humaine. Passablement ivre, Zhu le Sixième grommelle :

— Ah, femmes, les femmes !

— Qu'y a-t-il, femmes, les femmes ?

— Hors les femmes, qu'y a-t-il d'autre ? Je te le demande. Toi, Lao Sun, comment as-tu passé la vie ? Tu restes encore vierge. C'est pour qui ?

— Je viens de la campagne. La famine m'a chassé de mon village. Je m'estime heureux d'être encore en vie. Cela fait seize ans que je suis ici. J'ai plus de trente ans et m'en vais vers la quarantaine.

— Jamais pensé à prendre femme ?

— Un pauvre comme moi !

— Pauvre, pauvre. Ça n'empêche pas qu'on a envie de femme, voyons !

— Euh ! au fait, il y a quelqu'un à qui j'ai pensé.

— C'est vrai ? Qui donc ?

— Tu ne peux pas deviner. Je ne sais pas non plus si je dois le dire.

— Allons, dis-le.

— Eh bien, c'est Shun-zi. Tu sais, Shun-zi, la fille qui a été abîmée par Deuxième Seigneur et qui, plus tard, a été vendue au bordel.

— Elle ? Je sais qui c'est.

— A ce moment-là, je venais d'entrer chez les Zhao. Je ne possédais pas un sou. Je n'osais rien penser, rien faire, sans parler de prendre femme. Je me souviens que je l'ai aimée dès que je l'ai vue, avec sa frange sur le front, ses yeux clairs comme l'eau de source, ses fossettes, mignonne à vous briser le cœur. Et sa voix, si douce quand elle parlait. Quand la terrible chose est arrivée, j'avais peine à le croire. Dame Fu-chun, de son côté, faisait de ces scènes ! Finalement, Deuxième Seigneur l'a revendue. Et plus tard, je t'ai dit, elle a été vendue par d'autres à un bordel. Je m'en veux de n'avoir pas essayé de l'épouser.

— C'est trop tard maintenant.

— Peut-être pas.

— Comment peut-être pas ? N'est-elle pas devenue putain ?

— Putain, tu as de ces expressions. Moi, je dis prostituée. On peut racheter une prostituée, à ce qu'on dit.

— Aïe, que dis-tu là ? On ne peut épouser une putain, voyons. Lao Sun, tu es quand même bizarre !

— Moi, bizarre ? J'aime une femme qui me plaît, c'est tout.

— Es-tu allé la voir ?

— Pas encore. On a honte d'aller dans un bordel.

— Tu veux racheter Shun-zi et tu as honte d'aller la voir. Comment peux-tu réussir ? Les bordels, je m'y connais, tu sais. Autrefois j'y allais souvent, maintenant moins. On peut facilement trouver des femmes ailleurs, c'est plus propre et ça ne coûte rien.

— Trouver facilement des femmes ailleurs ?

— Mais oui, mon bon Lao Sun. Tu es bon, tu es honnête. Trop honnête pour savoir que mettre la main sur une femme, c'est pas si difficile.

— Explique-toi.

— Tu me connais. Je suis jeune encore, mais j'ai déjà roulé ma bosse un peu partout. Avant j'étais au *yamen*, maintenant je travaille comme toi chez les Zhao, demain j'irai je ne sais où. Partout je me débrouillerai. C'est drôle, avec ma gueule je plais aux femmes.

— De là à mettre la main dessus, comme tu dis... Comment tu t'y prends ?

— Pour ça, faut savoir regarder, faut savoir parler, faut savoir faire aussi, bien sûr. Les femmes sont belles, c'est une évidence. Encore convient-il de repérer en quoi une femme est belle, de trouver le moment propice et le mot juste pour le lui dire. Au besoin de le lui répéter indéfiniment, elle ne s'en lassera pas. Regarde.

Lao Sun tourne la tête, il voit arriver vers eux une des filles, un nouveau pichet de vin à la main. Quand elle pose le pichet sur la table et replace les deux bols devant eux, Zhu le Sixième, d'un air naturel, dit à voix basse : « Mademoiselle a la main blanche et fine, bien plus fine que la porcelaine. » La fille rougit, lui jette un coup d'œil et s'en va.

— Tu vois, elle ne s'est pas fâchée. Une fille comme ça, tu essaies plusieurs fois et tu finis par l'avoir !

— Ici, on est dans une maison de thé, la chose est plus facile. Ailleurs ça ne marchera pas.

— Lao Sun, tu es bon, tu es honnête, mais pas assez malin. Écoute-moi, les femmes, y en a partout ; partout y a moyen de les approcher : qui lavent le linge au bord de la rivière ; qui apportent à manger dans les champs ; qui dans les marchés demandent qu'on les aide ; qui traversent le pont attendant qu'on les soutienne... Il suffit que tu saches t'empresser, que tu roules ta langue à bon escient. Si, par chance, elle te répond par un signe et que tu réussis à la revoir, l'affaire est enclenchée et petit à petit tu approcheras du but. Je dis petit à petit, car il y faut tout de même de la patience, de la persévérance. Une femme, c'est quand même pas un chien ou un cheval, il ne suffit pas qu'on l'appelle pour qu'elle vienne !

— Pas comme un chien ! Je vois que tu as quand même un peu de respect pour les femmes.

— Respect ? C'est pas un mot que j'emploierais. Disons : une femme, c'est une femme.

— Tu as une mère.

— Ma mère ? Je ne l'ai pratiquement pas connue. Elle est morte quand j'avais deux ans... Je ne sais pas pourquoi, j'aime aussi les femmes d'un certain âge, des veuves, des femmes mariées.

— Des femmes mariées ? Tu en as du toupet !

Zhu le Sixième est dans un état d'ivresse avancée. Ivre de vin mais également de ses propres paroles, de la force de séduction dont il estime être en possession. Il tend sa bouche vers l'oreille de Lao Sun :

— Du toupet, oui ! j'en ai. Sais-tu que j'ai mis la main sur Dame Fu-chun !

— Oh !

— Surtout ne le dis à personne.

— Pour sûr à personne. Sinon, ça va nous coûter la vie !

12

L'après-midi est moite de chaleur. La lumière du jour, s'insinuant dans les corps engourdis, répand sa sensuelle paresse. Dans le jardin du domaine des Zhao, arbres et plantes, figés par l'excès de soif, retiennent leur souffle. Toute leur posture trahit une attente. De quoi donc ? Peut-être l'annonce d'un orage de la part de ces nuages gris qui, par-delà la cime des arbres, s'amassent pour occuper sans hâte un coin du ciel ? Haut suspendus, ils ne sont encore qu'incertaine velléité. Rien de sûr dans l'immédiat. Il flotte ainsi dans l'air un vague souhait que dans la torpeur générale personne ne songe à formuler clairement.

Plus près toutefois, les rais de soleil, sans diminuer leur éclat aveuglant, se teintent d'on ne sait quoi de terreux, ou de poussiéreux. Guêpes et mouches, à qui mieux mieux, vrombissent d'énervement. Cela ne semble pas devoir s'arrêter. Excédé, un corbeau s'arrache des branches dans un fracas et s'envole à toute volée. L'atmosphère, subrepticement, s'exacerbe. Seule conserve sa patience la chenille qui, sur la mousse au pied du mûrier, continue son chemin. Ramper, c'est son destin. Elle n'aurait jamais idée de changer sa façon d'avancer. Même si le ciel s'effondrait devant elle, elle n'imprimerait aucune accélération à sa marche, stupéfiante de dignité majestueuse.

La fenêtre ouverte, un lourd parfum de fleurs entre par bouffées. Assis là, transpirant légèrement, Deuxième Seigneur est en proie à une étrange sensation depuis longtemps enfouie. Cet ancien débauché devenu apathique sent monter en lui la puissante appétence dont il ne se croit plus capable. Il en connaît l'origine : depuis un an, l'accumulation de tant de désirs sans cesse surgis et étouffés, provoqués par la femme qu'il avait répudiée et dont la vue – magnifiée par son imagination – est devenue pour lui une obsession. Cette femme, il l'a vue encore ce midi ; il en a deviné la blanche chair sous sa presque translucide robe de soie que caressait la brise. En ce moment, un silence rare règne dans la maison. Fu-chun et Jiao-ma sont allées au bourg acheter des tissus ; elles en auront pour un bon bout de temps. Les deux jeunes, Zhu-er et Ju-er, sont chez Premier Seigneur, comme ils en ont l'habitude maintenant que Gan-er ne joue plus beaucoup avec eux. Étrange moment, étrange sensation. Il est sous le coup d'une impulsion aussi irrésistible qu'indéfinissable. Irrésistible, oui. Indéfinissable ? Pas tout à fait. Il sait parfaitement de quoi il s'agit pour l'avoir maintes fois ressenti dans un passé lointain, chaque fois que la maison se trouvait par hasard dans un état de vacance. Une force venait l'investir, enflammait en lui le goût de la tyrannie, le besoin de soumettre quelqu'un à ses caprices. Ce que cette énergie suscitait, plus que le banal désir charnel, c'était l'envie de viol ! Ah ! le viol, prendre quelqu'un tout de suite, par surprise, et surtout par la brutalité, ça, c'est excitant, c'est le plaisir ! Pas du tout pareil de faire l'amour quand tout est attendu, tout est entendu, on s'en lasse à la longue. Violer, c'est vraiment autre chose. Le violeur sent sa proie se débattre sous ses griffes. La victime résiste, mais à moitié seulement, tétanisée qu'elle est par l'autorité menaçante du maître qui, sentant le ramollissement progressif de l'autre, s'emploie à arracher ses vêtements pan par pan, se délecte de la chair découverte au fur et à mesure. Il s'enivre en entendant sous ses coups sans pitié les cris de frayeur se transformer peu à peu en halètements soumis. Et il n'est pas jusqu'aux gémissements sourds qui ne le ravissent jusqu'au tréfonds, comme lorsque, enfant, il maltraitait une petite bête jusqu'à ce qu'elle se trémousse dans ses derniers soubresauts.

« Ah, les délices du viol, qui peut se vanter de les connaître mieux que moi ? » Et Deuxième Seigneur de se complaire à fouiller sa mémoire, afin de re-jouir de ses exploits d'antan. Il passe en revue rapidement ceux, nombreux, qu'il a commis avant le mariage. Après le mariage, entre Dame Ying et Dame Fu-chun, il a eu l'occasion de mettre le grappin sur Tian-ma, la servante qui, âgée maintenant, travaille encore chez Premier Seigneur. Quand Dame Fu-chun était enceinte, n'a-t-il pas abusé de la jeune *ya-tou* – comment s'appelle-t-elle déjà ? –, celle qui a fini par échouer dans un bordel ? Et la seconde concubine, alors ? Ne l'a-t-il pas épousée après l'avoir violée ? Non, il n'est pas plus ignoble qu'un autre ; la preuve, il a accepté d'épouser la femme violée par lui... Quant à vouloir violer la femme qu'il a déjà épousée, c'est inédit ! Est-ce le comble du ridicule, ou non ? Pourtant, cette fois-ci, il faut bien employer les grands moyens. Il est difficile, n'est-ce pas ? de renouer sans forcer avec une femme délaissée depuis si longtemps, alors que, dans le même temps, on a sa propre autorité vidée de sa substance. Il s'agit de rabattre la superbe de la femme en question. « Elle qui se croit élégante, bien élevée, qui n'a jamais pris de plaisir avec moi, comment me juge-t-elle de sa hauteur maintenant ? Comme une tortue ? Comme un crapaud ? On va voir ce qu'on va voir ! Moi, diminué ? Avec mon torse et mes bras, vous ne me voyez pas déjà gonflé à bloc ? »

– Lao Sun !

Nulle réponse. Peut-être est-il en train de piquer un somme ? Il appelle de nouveau à plein gosier. L'autre accourt enfin, s'essuyant les yeux. Certitude donc. Lao Sun étant là, Dame Ying n'est pas de sortie.

– Je suis fatigué de rester assis. Transporte-moi sur le lit pour que je me repose un peu.

Lao Sun pousse le fauteuil jusqu'au bord du lit. Avec précaution, il prend son maître par les bras, le pose sur le lit et l'aide à s'adosser contre l'oreiller.

– Que Deuxième Seigneur se repose tranquillement. Deuxième Seigneur veut-il autre chose ?

– Verse-moi une tasse de thé froid. Que je me rafraîchisse la bouche.

Le bruit du thé bu à petites gorgées donne soif à Lao Sun. Il réprime un bâillement en attendant que son maître ait terminé. Il reprend la tasse, la pose sur la table et demande :

– Deuxième Seigneur veut-il encore autre chose ?

– Rien d'autre.

Comme Lao Sun s'éloigne, il ajoute par-derrière :

– Va dire à Dame Ying que j'aimerais la voir. Aujourd'hui, j'ai du temps libre, j'en profiterai pour lui dire quelque chose.

Lao Sun parti, Deuxième Seigneur se met à trembler de nervosité. La tête lui cogne et son cœur bat à lui rompre la poitrine. Au bout d'un temps qui lui semble interminable, il entend frapper à la porte. Sans qu'il ait eu à répondre, la porte s'ouvre doucement et laisse apparaître le visage qu'il cherche vainement, ces derniers temps, à regarder de près. Elle s'approche. Au milieu de la pièce emplie d'une odeur indélébile d'opium, cette présence immobilisée, tout en l'intimidant, le rassure. Il sent que l'autre aussi est intimidée : il sera à même de la mater. En attendant, pour se détendre, il se lance dans une sonore quinte de toux.

— Deuxième Seigneur va-t-il bien ?

— On ne peut pas dire que je vais bien. Toujours ce fichu mal de dos.

Malgré sa réticence, elle se sent obligée de tenir son rôle d'épouse. Elle avance vers le lit et l'aide à se retourner, « je vais vous tapoter le dos », dit-elle en s'asseyant, et elle se met en devoir de lui frapper le dos à coups réguliers.

— Ha ! ha ! hem ! hem !

Sans interrompre son action, Dame Ying s'enquiert :

— Deuxième Seigneur a-t-il quelque chose à me dire ?

— Rien de spécial, on cause un peu.

Étonnement muet de la femme qui a perdu l'habitude d'une telle familiarité.

— Continue, continue, ça fait du bien !

L'homme se remet à tousser, son souffle s'accélère ; il saisit une main de la femme, l'applique sur sa poitrine à la peau moite. « Ha ! ha !... ça fait du bien ! », ses propos s'accompagnent d'une mauvaise haleine.

— Deuxième Seigneur a-t-il quelque chose à me dire ?

— Rien de spécial, on cause un peu.

Il colle sa main droite sur la fesse de la femme, la caresse.

– Que faites-vous ?

– Rien de spécial. On se dorlote, hé ! hé !

Lui, qui ne connaît plus le langage de la douceur et de la persuasion, soudain durcit le ton : « Voyons ! » Il saisit à pleines mains la jupe de Dame Ying, la tire violemment vers lui. Son front sue à grosses gouttes ; son souffle s'accélère encore.

– Deuxième Seigneur n'est pas bien. Je vais vous apporter du thé.

Elle se lève si brusquement qu'il n'a pas le temps de lâcher prise ; il est entraîné par terre.

– Aïe !

– Ah, malheur, Deuxième Seigneur s'est fait mal !

Dame Ying l'aide à remonter sur le lit et le cale sur l'oreiller ; elle lui essuie le front à l'aide d'un mouchoir. Pendant ce temps, l'homme épuisé, hagard, tout ramassé sur le souci de son corps endolori, fait entendre son essoufflement. Petit à petit, ses hoquets s'espacent.

– Que Deuxième Seigneur se repose tranquillement. Dame Fu-chun ne va pas tarder à rentrer.

Voici que déjà s'éloigne l'objet du désir tel un fantôme, laissant derrière lui l'ombre d'un insaisissable parfum. Celui qui est cloué au lit, les yeux exorbités, s'agrippe au rideau du lit, le tire vers lui en un geste de rage.

– Fu-chun, viens ! Et plus vite que ça !

13

Après-midi encore. L'air embaume la fraîcheur que dégagent les feuilles des arbres après l'averse. Un rayon traverse le rideau de gaze et plane au milieu de la chambre, sans chercher rien de précis à éclairer, avec la légèreté d'un *apsara*[1] qui, les ailes repliées, se laisse porter un instant par l'invisible souffle. Sur le rebord de la fenêtre, dehors, une pie lisse ses plumes. Ses intermittents gazouillis rendent plus silencieux l'intérieur de la chambre où seule la fumée bleue qui monte du brûle-parfum fait mine de prolonger le fil de la pensée humaine.

Lan-ying se lève de son lit, recoiffe son chignon d'un geste machinal. Elle marche vers la table, se verse une tasse de thé et boit quelques gorgées. Après quoi, elle rejoint le guéridon pour reprendre son ouvrage, une taie d'oreiller brodée. Assise à la fenêtre, elle

---

1. Figure céleste et volante, fréquemment représentée dans l'art bouddhique.

s'applique. Le rayon de lumière frôle à présent sa tempe et se pose au cœur du tissu tendu sur un petit cerceau en bois. Il y fait briller une paire de canards mandarins, l'un achevé, l'autre à peine ébauché. Ailleurs, elle ajoutera sans doute quelques roseaux ou plantes aquatiques pour suggérer la présence de l'eau. C'est sa manière à elle de s'exprimer, pudiquement, librement. Cette chambre est son univers ; à part Xiao-fang, personne ne vient la déranger, personne ne vient demander ce qu'elle fait. Broder un couple de canards mandarins sur une taie d'oreiller, est-ce inconvenant pour son âge ? Est-ce audacieux, scandaleux ? Elle ne se le demande pas trop. C'est une chose qu'elle a commencée spontanément, il y a bien des jours de cela. Elle n'ignore pas, cependant, qu'au fond d'elle demeure une obsédante interrogation, accentuée encore par ce qui s'est passé dans la chambre de Deuxième Seigneur.

« Dao-sheng, viens t'asseoir par ici, et parlons un peu. Il est vrai que nous avons rarement eu l'occasion de parler ; mais il semble que dans la précipitation rien d'essentiel n'a été touché. Il y a tant de choses qui restent à dire. Cette vie y suffira-t-elle ? Parlons calmement et lentement, c'est cela. Nous avons attendu si longtemps, nous connaissons la vertu de la patience, n'est-ce pas ? Laissons d'abord le vent printanier qui a l'habitude de résorber la pluie sécher nos larmes. Laissons ensuite le soleil d'été qui fait tout s'épanouir, réchauffer nos rêves, gelés dans la nuit de l'attente. Sais-tu que les vrais trésors sont délicats et cachés, et que le cœur d'une femme est riche et profond comme un jardin ? Pour atteindre la vraie profondeur, il faut suivre des sentiers pleins de méandres ; il faut longer des bosquets riches de secrets. Il y a encore, par-delà les feuillages, l'humble étang, avec des libellules qui l'effleurent, des feuilles de lotus qui l'abritent. Sauras-tu t'asseoir auprès de cet étang, prêter l'oreille à ce qui y murmure, prêter le cœur à ce qui y palpite ? Les pétales de fleurs, gorgés de rosée, y éclosent en un geste d'accueil ; trop ouverts, ils prennent le risque de se détacher, de se faner. Sauras-tu alors capter non seulement la beauté qui se montre en surface, mais ce qui jaillit de la racine, le désir même de beauté qui ne tarit jamais ? Et puis surtout, il y a l'eau transparente qui, apparemment, est peu de chose mais qui contient tout un autre ciel. La lune s'y mire toujours pareille, toujours nouvelle ; les nuages s'y déploient, à l'infini...

Dao-sheng, tu es devin, tu es médecin, tu as parcouru le monde, tu comprends tant de choses, es-tu capable de comprendre que la femme porte en elle ce peu de chose qui pour elle est tout ?

Dao-sheng, serais-tu comme les autres hommes qui n'aiment de la femme que la peau et la chair ? Sais-tu que la femme n'a pas qu'une chair, mais encore un cœur, qu'elle n'a pas qu'un cœur, mais encore une âme ? Crois-tu en l'âme ? Si je suis vieille et sans attraits apparents, auras-tu la force de braver tous les dangers pour venir vers moi ? Si les bandits, lorsque j'étais leur otage, m'avaient défigurée, aurais-tu prêté encore le serment d'éternité ? Si telle devait être un jour la réalité, ne vaut-il pas mieux demeurer à jamais dans le souvenir intact de ces moments si purs, où tes doigts me tâtaient le pouls, et de l'indicible félicité née des regards et des sourires échangés ? Est-ce que nous nous sommes retrouvés trop tard ? Est-ce que nous devrions attendre l'autre vie pour tout recommencer, mais de manière différente, c'est-à-dire sans passer par tant d'années perdues ? Crois-tu en l'autre vie ? »

Ces paroles, Lan-ying n'est pas en mesure de les transmettre à Dao-sheng. Celui-ci, d'ailleurs, est-il en mesure de les percevoir, de saisir cette voix différente qui vient de la femme ? Par contre, il va être amené à entendre une autre voix, celle d'un être venu d'ailleurs. Cela, de façon inattendue ; c'est ainsi toujours que certaines paroles « in-croyables » parviennent aux oreilles des hommes.

Ce jour-là, il souffle un grand vent qui rend le travail pénible. Il s'apprête à lever son étal lorsqu'il voit quelqu'un venir à lui. Il reconnaît sans peine le patron de la grande auberge de la porte du Sud du chef-lieu. Il connaît bien cette auberge qui lui est plus que familière ; et pour cause, puisque c'est là qu'avait eu lieu la bagarre avec la bande de Deuxième Seigneur Zhao, funeste événement qui a fait basculer sa vie. Le visiteur lui apprend que depuis bientôt un an il héberge deux étrangers qui viennent de très loin. Ce sont des étrangers vraiment étranges, qui possèdent des objets rares aussi, tels que : horloges mécaniques, boîtes à musique, ou encore images colorées représentant des figures humaines d'une ressemblance presque diabolique ! Ils tiennent salon ouvert, reçoivent matin et soir tous ceux qui viennent les voir, et ils sont nombreux. Des petites gens attirés par la curiosité ; des lettrés qui les invitent et qui discutent longtemps avec eux. On dirait que c'est ce que les deux étrangers recherchent ; en tout cas, ils n'osent jamais dire non. A la longue, ils sont devenus fatigués, très fatigués, pâles à faire peur. L'un des deux, celui justement qui parle bien la langue, est tombé malade. Gravement à ce qu'on peut voir ; les médecins disent qu'il a attrapé le paludisme. En entendant l'aubergiste prononcer le nom de cette maladie dont il a eu l'occasion de guérir quelques patients, Dao-sheng constate que, contrairement à son souhait, le bouche-à-oreille a fonctionné. Sur le plan de la médecine, il a toujours voulu s'en tenir à une certaine discrétion. Le Grand Maître ne lui avait-il pas enseigné que c'est dans l'ombre, et non à grande échelle, qu'on guérit bien. Cela étant, le cas de l'étranger l'intéresse. « Je vais d'abord faire un tour au monastère et je viendrai », dit-il simplement.

Quand il est devant les deux étrangers, il se souvient qu'il les avait entrevus un jour au bourg. Par-delà la foule, ils passaient, figures fugitives et irréelles. Maintenant ils sont là, tout ce qu'il y a de plus tangible. Et pourtant, il ressent une impression à peine atténuée d'irréalité, due à leur physionomie. Au lieu d'être de couleur foncée, leurs cheveux sont brun clair et légèrement bouclés. De même leur barbe tire davantage vers le roux, qu'ils ont longue et fournie. Le malade assis dans le lit, chemise entrouverte, laisse voir un petit pan de sa poitrine qui, au lieu d'être glabre, est garnie de poils. Et des yeux, gris-bleu, très profondément creusés dans l'orbite. Derrière ces yeux, quels sentiments ? Quel désir ? Quelle pensée ? Il y a des Persans, il y a des Hindous, maintenant il y a ces gens de « l'Océan de l'Ouest ». « Sur ces figures, mon savoir en physiognomonie n'a pas prise ! » se lamente Daosheng en lui-même. Le visage humain, cette chose la plus offerte, lui paraît tout d'un coup d'un mystère insondable. « Espérons que pour le moins mon art en médecine agisse ! Espérons surtout qu'auparavant on puisse se comprendre par la parole. »

Celui qui est assis sur une chaise se lève pour l'accueillir. Aux premières paroles, l'étrangeté de sa personne est accentuée par l'accent avec lequel il parle chinois. Il parle sans tons, ou bien il mélange tous les tons, ce qui donne un effet à la fois comique et touchant. Comique et touchant aussi quand il mélange l'ordre des mots auxquels il mêle encore des formules pédantes qu'il a dû puiser dans des livres anciens. Habitué cependant à écouter les gens, Dao-sheng entre assez vite dans son langage. Toutefois, il se sent plus à l'aise, comme quelqu'un qui, égaré dans la forêt, tombe soudain sur un chemin familier, lorsque enfin le malade lui-même ouvre la bouche. Celui-ci, non sans être dépourvu d'un accent inimitable, parle un chinois presque élégant. Dao-sheng avance vers lui, l'interroge sur son état, examine ses yeux et sa langue et, inévitablement, prend son pouls. Comme prévu, il diagnostique une forme aiguë de paludisme. Il assortit des médicaments, explique minutieusement aux deux étrangers comment les mijoter, à quels moments prendre la potion, tout en précisant que ce ne sont là que les premières doses et qu'il doit revenir dans deux jours, ou plusieurs fois encore, afin de modifier les médicaments en fonction de l'évolution de la maladie.

Avant de prendre congé, son regard rencontre celui du malade qui, malgré le rose de la fièvre qui déteint sur la pâleur de ses joues, s'efforce de lui sourire, comme pour signifier qu'il lui fait confiance. Encouragé, Dao-sheng cède à l'envie de lui poser des questions qui lui brûlent les lèvres :

– D'où venez-vous ?

– Je viens, comme on dit, de l'Océan de l'Ouest.

– L'Océan de l'Ouest, c'est loin, n'est-ce pas ? Quelle distance ?

– A des dizaines de milliers de *li* d'ici.

– Des dizaines de milliers de *li* ! Combien de temps avez-vous pris pour venir ?

– Il a fallu parcourir des terres, traverser des mers, surmonter mille obstacles et dangers. Au total, cela nous a demandé deux années, en faisant halte dans des pays intermédiaires du Sud.

Là-dessus, il demande à son compagnon de lui passer le parchemin enroulé, qui est posé sur l'étagère où brillent d'autres objets finement fabriqués. L'ouvrant, il montre à Dao-sheng l'atlas du monde terrestre. Cette carte déployée, qui rappelle un rouleau de paysage infini auquel l'œil chinois est pourtant habitué, n'en frappe pas moins le Chinois en plein cœur :

– Ah, le monde est donc si vaste ! Je croyais que l'Empire était au milieu et qu'il y avait des pays autour. D'après votre carte, ce n'est qu'un petit coin. En êtes-vous sûr ?

– Nous en sommes sûrs, puisque nous avons parcouru tout le chemin pour venir. Cela dit, on n'est tout de même pas dans un petit coin ici. Il y a un vaste espace pour que chacun puisse y vivre. C'est bien qu'il y ait différentes contrées, différents peuples, n'est-ce pas ? Cela fait la vraie richesse de cette terre.

– Pour sûr.

Dao-sheng, le vagabond, le bourlingueur, qui

n'aimait rien tant que les découvertes, ne peut qu'approuver le propos de l'étranger. Justement, sa curiosité est titillée par les objets qui trônent sur l'étagère.

Toujours aidé de son compagnon qui tient à présent dans ses mains les objets, le malade, en dépit de sa faiblesse, explique ce qu'est un prisme qui réfracte la lumière en des couleurs différenciées, à quoi sert une horloge qui indique les minutes et les heures à l'aide du tic-tac ou de sons musicaux.

Émerveillé, le médecin pousse des cris admiratifs qui rompent un instant l'atmosphère austère de la pièce.

— C'est donc pour vendre ces objets magiques que vous venez de si loin ?

— Non, nous ne sommes pas des marchands, mais des religieux.

— Ah ! des religieux. Des bouddhistes alors ?

— Non justement. En fait de religions, il y en a de différentes aussi.

— Quelle est votre religion ?

— Nous croyons au Seigneur du Ciel qui a créé ce monde.

— Et puis ?

— Croyant en Lui, et en Son Nom, nous sommes à même d'annoncer la Bonne Nouvelle.

— Quelle bonne nouvelle ?

— La Bonne Nouvelle qu'un Sauveur nous est venu...

— Un sauveur ? Quel sauveur ? Qui est-il ?

Ici, l'étranger marque une hésitation. Il regrette de s'être laissé aller si rapidement dans ses affirmations, alors que jusqu'ici, dans son échange avec les Chinois, il tentait plutôt d'adopter une approche plus que progressive. Il sent que ce langage direct risque de dérouter, voire de heurter, et que la circonstance ne se prête guère à une explication adéquate. Néanmoins, devant le regard intense du médecin, et comme pressé par la maladie dont l'issue est incertaine, il décide de ne plus se dérober :

— Oui, un sauveur. Il n'est autre que le Fils du Seigneur du Ciel. Il a été envoyé sur terre pour être notre Sauveur. Si nous avons foi en Lui, nous serons sauvés.

— Sauvés ? Vous parliez de nouvelle, c'en est une, en effet ! A présent que l'empire des Ming va à vau-l'eau, que partout pullulent voleurs et brigands, que le mandat du Fils du Ciel touche à sa fin et que les tribus barbares attendent leur heure, personne ne peut échapper aux chiffres de son destin. Être sauvé est chose bien difficile. Où se trouve ce fils du Seigneur du Ciel ?

— Il est monté au Ciel et il a rejoint le Père.

— S'il est au Ciel, comment peut-il sauver les hommes ?

— Si l'on croit en Lui, on peut être sauvé et monter comme Lui au Ciel.

— Ce que vous dites est franchement inouï, à peine croyable. Bon, ne dites plus rien aujourd'hui. Vous êtes fatigué. Après la prise de la potion, vous transpirerez et vous retrouverez un peu le sommeil.

14

Deux jours plus tard, Dao-sheng revient. Il constate avec inquiétude que l'état du malade reste préoccupant, bien que la fièvre ait diminué. Aux médicaments initialement prescrits, il adjoint quelques autres plantes rares tirées de sa réserve. Il lui importe de sauver la vie de cet étranger, ne fût-ce qu'au nom de l'hospitalité ; l'« autre » vient de si loin, d'un lieu presque « hors ciel ». En outre, il sent pertinemment qu'il est venu pour dire quelque chose et qu'il n'a pas réussi encore à le dire. La moindre des politesses est de lui permettre de parler jusqu'au bout, quelque incongrue que soit sa parole.

La consultation terminée, dans l'intervalle de silence, il est de nouveau attiré par le pâle sourire des yeux gris-bleu.

– Puisque le fils de votre seigneur du Ciel est un sauveur, pourquoi ne vous sauve-t-il pas ?

– Ce qu'Il sauve de chacun, c'est l'âme.

– Qu'est-ce que c'est, l'âme ?

– Au fond, vous le savez. Les taoïstes ne parlent-ils pas de l'âme ? Les bouddhistes encore plus ? Ils croient les uns comme les autres aussi que l'âme est impérissable...

– Que les taoïstes croient que l'âme ne périt pas, c'est parce que, selon eux, après la mort de chacun, son âme réintègre la Voie. Comme la Voie dure toujours, l'âme non plus ne périt pas. Ça se comprend. N'empêche que chacun doit mourir.

– Les bouddhistes, eux, croient en la réincarnation. Quant à nous, nous croyons que l'essence de chacun est son âme et que cette âme n'est pas subordonnée à son corps. Le corps peut mourir, pas l'âme. L'âme continue à vivre et, surtout, elle demeurera éternellement consciente de son être.

– Si c'est ainsi, pourquoi alors passer par le corps, par la mort ? Pourquoi ne pas engendrer directement l'âme ?

A cette question, l'étranger marque une hésitation, puis dit :

– C'est qu'il y a eu le péché originel.

– Le péché originel ?

Nouvelle hésitation de la part de l'étranger avant qu'il ne réponde :

– Sujet complexe qu'il n'est pas possible d'expliciter aujourd'hui en quelques mots. L'essentiel pour nous est d'affirmer : le corps meurt, l'âme ne meurt pas ; elle demeurera vivante pour l'éternité. C'est pourquoi je dis : c'est l'âme que le Sauveur sauve. Sauvée, elle montera au Ciel. Quant au corps, ce pauvre corps, il doit encore endurer ce que sur terre il doit endurer. Par exemple, me voici malade, je vais peut-être mourir. Si je meurs, soit dit en passant, qu'on m'enterre ici...

– Ne parlez pas de choses malheureuses. Vous ne mourrez pas. Ce serait dommage d'être enterré sur un sol étranger, loin de votre pays natal.

– Ce n'est pas un dommage pour nous. Ce que nous aimons, ce sont les êtres humains, pas le sol. Notre pays est là où il y a des êtres que nous aimons. A ce propos d'ailleurs, disons la chose plus claire- ment : c'est grâce à l'amour que nous ne mourrons pas, parce que c'est par l'amour que nous serons sauvés.

– Voilà encore des paroles inouïes. Curieusement, j'ai l'impression de les entendre mieux. Comment êtes- vous sûr que, grâce à l'amour, nous ne mourrons pas ?

– Eh bien, parce que Notre-Seigneur est amour. Si nous croyons en Lui et que nous aimons comme Lui, nous ne mourrons pas.

Ici, Dao-sheng, au comble de l'effarement, arrête la conversation. Il conseille au malade de se reposer. Il a bien vu que sa mine se creuse, que la fièvre monte ; il craint vaguement aussi qu'en le poussant à parler, des propos si inouïs et si incongrus ne le mènent à délirer.

157

Pourtant, la fois suivante, comme à son corps défendant, il revient à la charge.

— Pourquoi dites-vous toujours : aimer, amour ? C'est vrai que nos sages usaient aussi d'expressions : *jian-ai*[1], *fan-ai*[2]. Ils visaient avant tout la concorde et l'harmonie pour la société. Mais en privé, entre particuliers, on ne dit pas s'aimer ; on dit plutôt se plaire.

— Ce n'est pas la même chose. Se plaire, c'est pour soi ; quelque chose qui vous est agréable. S'aimer se rapporte à quelque chose qui vous dépasse. Vous aimez même s'il y a des obstacles insurmontables ou absence de récompense.

— Ce que vous dites là n'est pas faux. En tout cas, je l'entends bien. Moi, un vagabond, un bourlingueur, il m'arrive d'aimer. J'en sais quelque chose... Cela dit, vous affirmez que le seigneur du Ciel est amour, en avez-vous des preuves ?

— Nous en avons. Nous croyons au Seigneur d'En-haut, et également en son Fils. Il a vécu sur cette terre. Toute sa vie, il n'a rien fait d'autre qu'aimer.

— Et après ?

— Il a été cloué sur une croix de bois.

— Cloué sur une croix de bois ? Comme ça, tout vif ? Pourquoi ?

---

1. Amour pour tous.
2. Amour universel.

158

– Parce que les hommes sont dans le péché, ils n'ont pas su reconnaître son amour.

– Et après ?

– Après, il est mort...

– Vous voyez, il est mort !

– Je n'ai pas terminé ma phrase. Je voulais dire : trois jours après, il est ressuscité.

– Que veut dire ressuscité ?

– Cela veut dire : il revit.

– Il revit ? Trois jours après la mort, on ne peut pas revenir à la vie. Depuis que j'exerce la médecine, je n'ai jamais vu une chose pareille. En avez-vous des preuves ?

– Il y eut des témoins.

– Où sont-ils, ces témoins ?

– Ils ne sont plus de ce monde ; ils sont montés au Ciel ; ils sont au paradis.

– Vous voyez, ils ne sont plus de ce monde. Et ce que vous appelez le paradis, y a-t-il des preuves de son existence ?

– Notre Livre sacré l'a mentionné. Notre-Seigneur en a parlé aussi. Mais il ne faut pas toujours demander des preuves tangibles. Car il y a des choses invisibles que l'œil de chair ne voit pas ; qu'on peut saisir par l'esprit et par le cœur.

– Tout cela, encore une fois, est intéressant, mais difficile à croire !

Quand Dao-sheng revient pour la quatrième fois, il trouve l'étranger assis dans un fauteuil, les joues plus colorées, la barbe bien lissée. Dès le premier coup d'œil, il constate la persistance d'un reste de maladie, mais le corps reprend nettement le dessus. A peine la consultation terminée, le patient, de lui-même, cherche à parler. Visiblement, cet étrange étranger ne fait pas grand cas de son corps. Il recommence déjà à recevoir des gens ; certains attendent dans la pièce d'à côté. Son énergie est centrée sur ce qui le porte, ce à quoi il croit. Toute sa personne, carcasse angulaire, œil aigu, n'est qu'ardeur à prêcher, convaincre, expliciter. « Comme on est façonné par ce à quoi on croit, ce à quoi on adhère ! se dit Dao-sheng. Cet étranger est tellement allé jusqu'au bout de ses idées qu'un beau jour il a échoué ici, dans ce bourg où il ne connaissait personne, dans cette chambre où il a failli laisser sa peau ! Lan-ying et moi, ne sommes-nous pas de même poussés par quelque chose de plus fort que nous, auquel nous croyons ? Ce que nous croyons est-il fondé ? C'est ce que j'aimerais entendre de l'homme en face de moi. Pourquoi passe-t-il par tant d'affirmations incroyables ? Que ne parle-t-il simplement de l'amour, point qui me touche incroyablement ? »

L'étranger a-t-il deviné sa pensée ? Il ouvre la bouche et aborde sans détour le point qui le soucie :

— Maître Dao-sheng, vous êtes vraiment quelqu'un

160

d'éminent. Non seulement vous possédez l'art de guérir le corps, mais vous vous intéressez aux choses essentielles de la vie. Vous m'avez obligé à réfléchir, vous savez. Mais je pense que, comme nous manquons de temps aujourd'hui, nous ne parlerons pas du Seigneur du Ciel, ni de son Fils ; parlons de vous-même. Vous dites savoir ce que c'est qu'aimer. Vous aimez quelqu'un, n'est-ce pas ?

– Oui, pas de doute, j'aime quelqu'un. Pas facile cependant de vous dire qui est la personne. En tout cas, je l'aime du fond du cœur, à l'extrême. Pas de doute là-dessus.

– Du fond du cœur, à l'extrême, dites-vous. Est-ce qu'on peut entendre par là que vous l'aimez plus que vous-même ?

– Pour sûr, oui.

– Force nous est de constater alors que, si nous aimons vraiment, l'amour que nous donnons est plus que nous-même, qu'il nous dépasse. Que, si l'on aime vraiment, on entre en quelque sorte dans une autre sphère. Et dans cette autre sphère-là, sans oublier pour autant qu'on est mortel, on est prêt à croire qu'on peut mourir soi-même, mais que l'amour ne mourra pas. Au point qu'on peut dire à l'être aimé : « Tu ne mourras pas ! » Ainsi, plus l'amour est **vrai** – car il y a différents degrés dans l'amour –, plus on est à même de jurer l'éternité ; comme disent d'ailleurs les Chinois quand ils expriment l'amour : « Plus

161

durable que Ciel-Terre » ou « Par-delà rochers pourris et océans à sec ». Oui, ami Dao-sheng, n'entendez-vous pas de par le monde toutes les voix monter et proclamer : « L'amour ne mourra pas ! Tu ne mourras pas ! » Toutes ces voix convergent pour former une immense Voie. Oui, la Voie, le Tao. Et justement, j'y pense, le Tao en chinois n'a-t-il pas double sens : chemin et parole, marcher et dire ? Eh bien, ne voyons-nous pas qu'en marchant et en disant, tous les êtres aimants ont formé, comme je viens de le dire, une immense Voie qui exalte la vraie vie et qui dépasse la mort ? C'est ici que je voudrais vous révéler une chose : en réalité, pour que l'amour soit la Voie de la vraie vie, une promesse a été donnée dès le début. Dès le début, quelqu'un, par-delà ce que nous pouvons concevoir, a dit : « Je t'aime, tu ne mourras pas. » L'étranger reprend son souffle ; ses yeux brillent d'une ardente lumière. Visiblement, il se sent, à son propre étonnement, inspiré.

Une fois encore, laissé à lui-même, Dao-sheng ne peut s'empêcher de pousser plus loin sa pensée : « Cet homme qui s'arrache à tout pour venir ici, n'est-il pas un fou ? Du moins, pour vivre comme il le fait, il faut un grain de folie. Bien sûr, il y a d'innombrables taoïstes et bouddhistes qui se mettent hors du monde, dans la montagne ou dans des couvents. Mais, à l'exception autrefois de quelques grandes figures des Tang, ils se tiennent en général tranquilles, alors que celui-là, il va jusqu'au bout, au risque de sa vie. Tout le reste ne compte pas. Autre chose, plus importante, avec cet homme : s'il quitte tout pour vivre simplement à sa guise, rien à dire. Il a fallu qu'il ne jure que par l'amour ; ça l'oblige à se plonger dans le monde jusqu'au cou. Les taoïstes parlent de l'entente avec l'univers des vivants ; les bouddhistes de la compassion et de la charité ; lui, avec son histoire de l'amour, il est poussé à agir, à convaincre, à attendre, à espérer, en un mot, à se passionner, là encore, comme un fou. Peut-être, après tout, suis-je pareil ? Pour être pris comme je le suis, bravant l'impossible, toujours sur le qui-vive, il faut aussi un grain de folie. Lui et moi sommes donc deux fous, des fous spéciaux qui ne commettent pas de violence et qui n'ont à la bouche que le mot amour, même si bien de faux amours ont engendré violences et crimes. Encore que lui et moi, ce n'est pas tout à fait la même chose. Lui dit qu'il aime tous les êtres, moi, une femme inaccessible. Lequel de nous deux est le plus fou ? Une chose est sûre, la rencontre avec cet étranger n'est ni fortuite ni commode. D'un côté, il m'a encouragé par sa croyance en l'amour ; d'un autre, il m'a passablement perturbé. Je croyais l'amour quelque chose de simple. A l'entendre, il serait bien plus compliqué, presque trop fort pour l'homme, puisqu'il distingue des

163

degrés dans l'amour, et surtout, il le relie carrément à son Seigneur du Ciel, c'est-à-dire à l'Origine. Il faut croire qu'il y a là comme un mystère dont on ne peut saisir les bornes ni toucher le fond. »

15

« Par-delà rochers pourris et océans à sec », « plus durable que Ciel-Terre », un tel serment, peut-on le prononcer une fois dans la vie ? Chacun ne vient-il au monde que pour prononcer un tel serment ? Ce qu'a dit l'étranger devrait être vrai : lorsqu'on l'a prononcé, l'être aimé ne mourra plus, et l'on pourra alors considérer sa propre vie sans regret. Même si les deux qui s'aiment ne se voient qu'un instant par jour, même si durant cet instant, ils ne peuvent se toucher ni se parler. Oui, il est permis tout de même de s'estimer heureux, si l'on parvient, s'appuyant sur le *shen*, à faire résonner une fois les mots qui, de toute éternité, attendent d'être dits.

Dao-sheng monologue ainsi dans sa minuscule pièce du monastère. La nuit d'été entretient la chaleur du jour jusqu'après minuit. Par le volet ouvert, il capte la vue de la Voie lactée qui, en travers du ciel, roule ses vagues de lumières sidérales. Quel spectacle à la fois grandiose et pathétique offre cet univers infini, où des myriades d'êtres sont pris dans le gigantesque mouvement, tourbillonnant et sans répit ! Qui ne se sent écrasé, perdu ? Pour peu qu'on fixe les yeux, qu'on s'applique à regarder, on décèle néanmoins, au bord de la nappe éblouissante, une à une, des étoiles isolées. Chacune brûle de sa flamme, sans prétention, sans retenue. Chacune brûle, tout en faisant signe aux autres qui brûlent pareillement ; elles tissent entre elles d'indéfectibles liens. Astre à astre, cœur à cœur ! Ces étoiles sont-elles différentes des humains sur la terre ? Ou plutôt, les humains ne prennent-ils pas modèle auprès d'elles ? Dao-sheng n'a pas pratiqué la divination pour rien. Il connaît l'intime relation entre les vingt-huit mansions célestes et le destin des hommes. Il se rend compte que jusqu'ici, cela relevait pour lui d'un savoir abstrait. Là, au sein du mystère nocturne, il est ébranlé par ce qui se révèle à lui. Ce mouvement circulaire, renouvelant sans cesse la flamme universelle. Et chacun qui accomplit jusqu'au bout ce à quoi il ne peut se soustraire.

Depuis cette nuit-là, Dao-sheng change sa façon de dormir. Il refuse de s'affaler de tout son long dans le lit, de se fourrer sous la couverture. De s'enfoncer dans un sommeil glauque où s'infiltraient, sans qu'il puisse s'en défendre, cauchemars et pensées troubles. Il découvre la vertu de dormir à demi assis, de s'adosser contre un double oreiller. Il obtient un repos plus paisible, plus limpide. Aux moments où le sommeil ne vient pas au rendez-vous, il ne s'énerve plus ; il contemple le ciel nuageux ou étoilé ou, plus souvent encore, il converse avec Lan-ying, chose qu'il ne peut guère entreprendre dans la journée. Du coup, la journée lui paraît moins longue, et l'attente moins intolérable, réconforté qu'il est par ces consolations nocturnes. Sans résistance, il reste à demi assis, les yeux clos. S'approche alors Lan-ying, elle lui prend la main et lui parle comme si, à son tour, il était le malade. Il mesure la profondeur du changement opéré en lui. Devenu vagabond par la force des choses, il a toujours été réfractaire à la contrainte d'une trop grande discipline. Même le long séjour chez les taoïstes n'a pas réussi à le mater. Taraudé par une irrépressible nostalgie, il a couru le monde, jusqu'au jour où il a compris qu'à l'origine de cette nostalgie était un appel qui, de fait, était le fondement de sa vie. Répondant à cet appel, le voici, volontairement immobile, arbre enraciné dans le sol du cœur, déployant branches et ramures pour recueillir patiemment les dons que dispense l'amour : lumière, brise, rosée, tonnerre salutaire, pluie bienfaisante...

A l'approche de la nuit du Double Sept, comme tout le monde parle du Bouvier et de la Tisserande, il commence à observer ces deux étoiles qui se situent de part et d'autre de la Voie lactée. Au plus sombre de la nuit, on peut à peine les fixer tant elles étincellent.

Un sentiment de honte l'assaille : comment se fait-il qu'il n'ait pas prêté attention plus tôt à ce couple d'amants, nés en même temps que le Ciel et la Terre et qui vivront tant que ceux-ci dureront ? La légende dit que, par un décret céleste, il leur est permis de se retrouver une fois l'an, et que le septième jour du septième mois, jour de leur rendez-vous, les pies sont chargées de construire un pont enjambant la Voie lactée afin de faciliter leur traversée. Peut-on trouver meilleur exemple vivant à quoi lui et Lan-ying peuvent identifier leur destin ? Certes, ils logent à une meilleure enseigne : ils peuvent se voir presque quotidiennement, et non une fois l'an. Mais la nature du drame est identique : se voir de près ou de loin, sans pouvoir se toucher. Peut-être jusqu'ici a-t-il instinctivement évité de regarder ces deux étoiles, de peur d'avoir à constater le tragique de leur situation ? La nuit de la fête venue, il consent cette fois-ci, comme tous, à contempler la scène. A un moment précis, après minuit, environnée de brumes, la lumière que dégage la Voie lactée devient diffuse. Les deux étoiles, immergées dans le sidéral scintillement, sont en train d'effectuer leur rencontre. Est-ce réel ? Est-ce imaginaire ? Personne ne se le demande. En cette nuit mythique, tous les amants de sous le ciel, le cœur serré, les yeux en larmes, assistent à l'événement-avènement sacré. Ils échangent leur serment ; car c'est dans l'obscurité que, toute pudeur abandonnée, on engage sa vie sur une

168

parole. Rien ne peut empêcher que cette parole ne monte au ciel, qu'elle ne touche le *shen* même. Quelle que soit la sévérité du destin, ils assumeront. Une fois l'an, mais pour l'éternité, quelle passion humaine oserait dédaigner une telle conjoncture ? Les deux étoiles sont là, dans la chaleur de la haute nuit. Elles entrecroisent leurs feux transparents, s'interpénètrent d'un geste plus transparent encore, comme en une universelle invite. Un immense désir charnel s'empare de Dao-sheng, l'allume, l'embrase. Son corps se gonfle, se dilate, s'ouvre au corps rêvé qui se donne à mesure. Il fouille ce corps attendri jusqu'aux os, le pénètre par toutes les failles, se fond en lui, l'entraîne à se fondre dans la mémoire extatique de la laiteuse Origine.

Vers la fin du septième mois, face à Lan-ying et Xiao-fang venues le saluer à la sortie du temple, Dao-sheng se sent poussé par une force spontanée. D'un air placide, sans hausser la voix, il dit : « La nuit de la fête de la Lune[1], à la troisième veille, devant la porte arrière. » Il s'étonne aussitôt de son audace et, aussi vite, regrette d'avoir prononcé cette phrase. Quelle en sera la conséquence ?

Les jours qui suivent, il s'efforce de garder contenance. Comme d'habitude, il accompagne le men-

---

1. Qui a lieu le quinzième jour du huitième mois.

diant unijambiste pour aller chercher la nourriture de midi. Il scrute discrètement l'expression de Lan-ying. Que trahit ce qui émane de ses yeux, de ses lèvres ? Une fermeture ? Ou rien de tout cela ? Ou alors, quelque chose de plus complexe ? Un détail ne manque pas de l'inquiéter : Lan-ying ne vient plus au temple.

« Le cœur d'une femme est difficile à sonder. L'amour entre un homme et une femme a beau être profond comme la mer, parfois un malentendu peut entraîner des suites irréparables. Ma demande irréfléchie a-t-elle heurté Lan-ying ? Elle qui n'a peut-être jamais envisagé une telle rencontre, l'assimilant à un adultère. Le pire serait qu'elle me prête les intentions d'un vulgaire coureur ! » L'angoisse de Dao-sheng frise le désespoir lorsque Lao Sun est venu annoncer au Grand Moine, et par son intermédiaire aux pauvres, que Dame Ying suspend un temps la distribution, compte tenu de l'imminence de la fête qui aura lieu le quinzième jour du huitième mois. Pour célébrer la Lune, toutes les familles préparent à l'avance des gâteaux de Lune et toutes sortes de mets appropriés, en vue de passer la nuit dehors. Nulle part un quémandeur de nourriture ne se la voit refuser. Dao-sheng, lui, se demande : « Lan-ying refuserait-elle de me voir désormais ? »

Fête de la Lune, aux environs de la deuxième veille. Dans le bourg et dans les villages, les hommes savourent le bonheur de la réunion – que symbolise la rondeur d'une lune en plénitude. Assis en cercle au milieu d'une cour ou d'une terrasse, ils racontent des légendes, psalmodient des vers anciens ; leurs voix et leurs rires résonnent dans la nuit, aussi succulents que les friandises qu'ils croquent. La terre est inondée de clarté, rendant toute lanterne inutile. Dao-sheng, qui, durant sa vie de vagabondage, a fait tant de marches nocturnes, éprouve pourtant un sentiment de délaissement jamais connu. Il avance sur le sentier qui mène au domaine des Zhao et arrive devant la porte du jardin, peu avant la troisième veille. Il fait quelques pas plus loin pour se blottir contre le mur parmi les herbes sauvages. Il croit entendre quelques échos de voix humaines, aussitôt noyés par d'assourdissants cris d'insectes. Alors seulement il lève la tête, sursaute à la vue de l'astre démesurément grand. Planant là, dessinant le cercle parfait au cœur de la voûte céleste, il semble cristalliser en lui toutes les attentes des êtres vivants, lesquels, à cette heure précise, baignés dans cette atmosphère irréelle et sacrée, murmurent d'un élan unanime leur mot de reconnaissance. La sensation d'une universelle communion rend plus anxieux encore le solitaire qui attend. Viendra-t-elle ?

Distinguant mieux les sons maintenant, il entend son propre cœur qui bat, ainsi que le coassement des grenouilles venu du jardin. Il est happé par la pensée que, de cette vie, il n'aura jamais le bonheur d'entrer

171

dans le jardin, de s'asseoir auprès de Lan-ying pour admirer les lotus qui poussent dans l'étang. Est-ce mû par le désespoir, à moins qu'il ne le soit par une inspiration plus haute ? Un chant étrange jaillit en lui, à sa propre surprise :

« Laisse-moi pénétrer ton jardin, tel un rayon de lune. Il éclairera tout sans rien bousculer. Il effleurera les êtres qui y vivent, ayant souci cependant de laisser les échos, les parfums et les mouvements poursuivre leur élan, tout de fraîcheur innocente. Femme qui as été bafouée par des désirs corrompus, qui as cherché à t'élever vers la confiante transparence et la légèreté aérienne. Je comprends ta nostalgie. Tu es allée bien loin. Peut-être trop loin pour moi. Mais crois-moi, je saurai te suivre. J'aurai toute la patience exigée. L'éternité n'est pas de trop pour que je te rejoigne. Pas à pas, je te rattraperai. »

Un grincement déchire l'air de la nuit comme d'un coup de ciseaux. Ce bruit lui est familier, bruit du bois rouillé de la porte quand on l'ouvre et qui, dans la journée, lui procure toujours un frémissement de bonheur. Quel inconnu annonce-t-il ? Dao-sheng se garde de bouger. Il retient son souffle, jusqu'à ce qu'il repère, sortant de la porte, la silhouette de Xiao-fang. D'un bond il se lève et se précipite vers elle. Celle-ci l'arrête d'un « chut », puis à voix basse : « Personne n'est couché encore. Heureusement, ils sont dans la cour de devant ; les enfants sont chez Premier Seigneur. Il faut faire attention, on ne peut pas rester longtemps. »

Derrière la porte, à l'intérieur du jardin, se tient Lan-ying. Ses sentiments se bousculent. C'est de tout son cœur qu'elle vient au rendez-vous ; mais quelque chose dans son caractère aussi bien que dans sa conscience l'empêche encore de commettre un acte aussi audacieux, du moins compromettant. Elle se tient là, s'efforçant de ne plus réfléchir. Elle se laisse envoûter par la magie du moment qui, tout d'un coup, la transporte loin dans ses souvenirs. Cette odeur d'herbe embrumée qui vous enveloppe de son châle de gaze, ce chant nostalgique dans lequel toute la nature se berce, et surtout, cette clarté distribuant sans compter jades et diamants à qui veut les recevoir, elle les connaît. Ils lui rappellent combien sa vie la plus secrète est liée à la lune. La présence de l'astre l'accompagnait lorsque, adolescente, elle allait au village pour voir le théâtre ; lorsque, plus tard, tourmentée par l'insomnie, elle faisait de lui son confident le plus sûr ; lorsque, sauvée des bandits, sur le chemin du retour, elle avait le cœur littéralement éclaté à la vue de la splendeur de l'univers, et à la pensée qu'au sein de cette splendeur les hommes s'adonnaient à tant de violence... La vie secrète d'une femme, avec ses rares moments de rêve pur, ne pourrait-elle pas se perpétuer grâce à la lune, figure même du féminin ? La lune n'est-elle pas habitée par la déesse Chang-e, dont le cœur aimant l'irradie nuit après nuit ? Ne tire-t-elle pas sa force de sa faiblesse même, cette humilité faite de vacuité réceptrice, capable de porter vie, et une fois que la vie est là, de répandre une lumière qui vient de plus loin qu'elle, et qui, passée par elle, n'aveugle ni ne blesse ? Ainsi, elle console tout au milieu des ténèbres. Elle berce de son rythme vital le chant de la mer et du sang ; elle adoucit de rosée la fièvre du sol et des plantes.

C'est l'esprit totalement dépouillé que Lan-ying apparaît dans l'embrasure de la porte, lotus d'automne en sa suprême éclosion. Devant la singulière image que la circonstance rend unique, Dao-sheng reste interdit. Le sentiment qui l'envahit est celui même qu'éprouverait la terre recevant l'eau lustrale : la gratitude. La gorge nouée, il avance d'un pas, sans rien dire. Toute initiative doit venir de la femme, laquelle, après une hésitation, tend sa main droite. L'homme y joint la sienne, et dit simplement : « Lan-ying ! » La réponse de la femme est inaudible ; seul le mouvement de ses lèvres fait deviner le nom de Dao-sheng. Il s'ensuit un silence que la femme rompt en posant sa main gauche sur le dos de la main de l'homme, lequel, à son tour, fait de même. Voici les quatre mains superposées, imprimant entre elles leur harmonieuse respiration. C'est ce que les deux êtres en présence veulent faire ; c'est ce que pour l'heure ils peuvent faire. Ils renouvellent là ce qu'ils ont fait au bord d'un lit, dont le souvenir les hante, les laisse dans une soif qu'ils ne pensaient pas pouvoir jamais étancher.

Cette fois-ci, ils sont debout, la circulation entre eux se fait plus entière encore. Les mains douces et lisses comme le jade se blottissent dans les mains qui ont la rugosité d'un vieil arbre. Veine à veine, fibre à fibre, feuille à feuille, branche à branche, ce qui se ressent au bout des doigts, au cœur des paumes, parcourt à travers les méridiens tout le corps. Immergés dans les ondes rythmiques qui proviennent d'eux et qui les portent, les deux amants basculent dans un état second. Ils resteraient là, indéfiniment.

Peuvent-ils plus en cette nuit de pleine lune qui, ils le savent, symbolise le bonheur de la réunion ? Sans doute, avant la rencontre, leur pensée a-t-elle été frôlée par l'informulé ou l'inavoué. Sans doute Dao-sheng a-t-il vaguement espéré, audace inouïe, une forme inouïe d'intimité. Mais toutes les velléités se sont évanouies devant cette évidence. Dans l'état présent de leurs sentiments, marqués par la pudeur millénaire et la lointaine aspiration, rapprocher leurs corps n'est pas une perspective possible encore. Pour eux, plus urgent, plus intense qu'une étreinte qui les mettrait dans la gêne, est le regard qui s'offre, en ce coin perdu de la terre, en cet instant bref sous le ciel, comme le cadeau le plus précieux. C'est lui qui permet de retenir et de faire revivre durablement et sans limites la présence de l'autre. Aussi étonnant que cela puisse leur paraître,

175

les deux amants n'ont jamais pu se regarder, sinon furtivement, ou à distance. Vraiment regarder, sans hâte, sans crainte, sans retenue aucune, de près, de tout cœur, caresser longuement l'effluve de l'âme qui affleure par les yeux, caresser la plus grande énigme qu'est un visage. C'est bien par le visage qu'on reconnaît et aime l'autre, n'est-ce pas ? Ce visage dont on a rêvé durant une longue vie, enfin livré, rendu plus poignant, et comme épuré, par la clarté nocturne.

Épuré, le visage de Dao-sheng l'est. On n'y voit plus cet air un peu guindé, mélange de complaisance et de suffisance ; disparue aussi une certaine faconde que nécessitait son métier. Seul persiste, au travers des traits burinés, l'ardeur tendue vers la femme aimée, en toute sa vérité.

Le visage de Lan-ying, lui, allégé de mélancolie, n'est que simplicité lumineuse. Quelques rides apparues, assorties d'un soupçon de cheveux d'argent, loin de le déparer, soulignent, de manière bien plus émouvante, les signes d'un rêve intact. L'ensemble de traits distinctifs, les sourcils, les yeux, les lèvres, que couronne le galbe ovale, se transfigure d'un coup en un trésor unique, astre parmi les astres. Nullement lointain, perdu, mais à portée du corps, de l'âme. A un moment, le regard ébloui, on ne voit plus rien. L'instant magique, chez les humains, se traduit alors par deux perles suspendues qui brillent sur fond de satin bleu, d'une douceur infinie.

Déjà le temps presse. Les gens réunis dans la cour s'apprêtent peut-être à lever la séance. Quelqu'un peut venir dans le jardin. Oui, le temps presse. Par-delà tout geste, il faut laisser venir les mots. Il faut que les choses vitales soient dites – c'est ce que l'homme peut faire de plus important sur terre –, tout le reste viendra de surcroît. Dao-sheng n'oublie point les serments qu'il avait longuement ruminés dans son esprit : « par-delà rochers pourris et océans à sec », « plus durable que Ciel-Terre ». Curieusement, à l'heure de la nuit tardive où dix mille sons de la nature soudain cessent, les phrases édifiantes, toujours par pudeur sans doute, n'arrivent pas à franchir ses lèvres. Les amants laissent résonner les paroles simples qui viennent du cœur, les mêmes paroles qu'ils ont échangées la première fois dans la chambre de Lan-ying.

– Remercions le Ciel, nous sommes enfin réunis, dit Dao-sheng.

– Oui.

– Une fois réunis, nous ne nous quitterons plus.

– Oui.

Plus hardie que la première fois, Lan-ying ajoute :

– Nous ne nous quitterons plus. En cette vie, et même dans l'autre vie, nous serons toujours ensemble.

16

Comme Lao Sun l'avait prévu, le caractère cynique de Zhu le Sixième ne pouvait lui causer que des ennuis. Cet homme séduisant, qui se montre empressé auprès des maîtres et mène par-derrière une vie dissipée, Lao Sun l'envie même s'il sait qu'il n'a pas l'étoffe nécessaire pour l'imiter. Lui, le paysan, oserait-il jamais aller nuitamment au bourg claquer son argent au jeu, boire tout son soûl ? Oserait-il se payer des femmes, s'offrir le luxe de profiter de Dame Fu-chun même ? Il ne se permettrait pas de se le figurer seulement en pensée ! Plus fort encore, ce sacré Zhu en est venu à faire du chantage à Dame Fu-chun ; il lui a réclamé de grosses sommes d'argent après avoir perdu jusqu'à sa dernière culotte au jeu ! Celle-ci a pris peur ; elle lui a tendu un piège et réussi à le chasser de la maison, et puis de la région.

Pour sûr, lui, Lao Sun, n'est pas pétri de la même argile. Le monde est ainsi fait ; il y en a de toutes espèces. Zhu le jouisseur a connu des femmes, au point de ne plus pouvoir les compter. Lui, il n'en a connu aucune. Il n'a aimé qu'une femme, il l'aime toujours ; la malchance veut que ce soit celle qui croupit au fond d'un bordel. Comme il l'avait expliqué à son compagnon : quand Shun-zi a été abîmée par Deuxième Seigneur et revendue, il venait d'entrer chez les Zhao. Il en a eu le cœur brisé. Il a gardé en lui le secret aussi sûrement que ses économies fourrées entre les briques du mur. Jamais il n'a pu l'oublier. Prostituée, Shun-zi demeure la fille fraîche d'innocence dont il a conservé l'image. En expert, Zhu le Sixième l'avait exhorté à aller la voir. Il était trop gêné pour le faire. Le moment est-il venu ? Son coureur de compagnon, en partant, semble lui jeter un clin d'œil malicieux : « Personne ne te surveille maintenant, mon vieux. Vas-y ! »

Facile à dire, difficile à faire. Ce jour-là, Lao Sun sort de la maison par la porte arrière. Habillé de propre, coiffé d'un petit bonnet rond que lui avait donné Deuxième Seigneur à l'occasion des épousailles avec Dame Fu-chun, il peut passer opportunément, pourvu qu'il n'ouvre pas la bouche, pour un marchand itinérant. Armé de courage, il marche en direction du bourg, du côté du port fluvial, pour se rendre dans un quartier où il ne s'est jamais aventuré. Une fois là, il se sent comme un mauvais nageur qui s'avance par mégarde dans une eau trop profonde avec, vissée au corps, la crainte de perdre pied. Ce quartier de plaisirs, regorgeant de tripots, de fumoirs, d'hôtels borgnes, dégage une atmosphère louche qui vous prend à la gorge. Il n'est pas question de demander le chemin qui mène au bordel ; il mourrait de honte ! Lao Sun met un temps à localiser tout seul le lieu de sa quête, cela grâce à la description que lui en a faite Zhu le Sixième. Entre deux rues passantes, une ruelle pas longue, au milieu de laquelle un bâtiment à la porte peinte en noir ; au-dessus de la porte, suspendue, une immense lanterne rouge. Son approche de ce bâtiment, toutefois, ne saurait se faire en ligne droite. C'est en zigzaguant, à la manière d'un crabe, en quelque sorte, qu'il parvient au but. Il se tient d'abord à l'angle de la rue passante, lorgne la porte noire, tout en se donnant un air distrait comme s'il passait par hasard. Malheureusement, il n'y a pas grand monde à cette heure de l'après-midi ; et son habit trop propre, son chapeau trop neuf rendent la dissimulation moins aisée. Il s'éloigne et revient quand un homme pénètre dans la ruelle, pousse la porte et se glisse dedans, avec la légèreté d'un chat. Il se décide. Devant la porte, il entend résonner derrière des voix aiguës de femmes entremêlées de rires. Ses jambes flanchent ; il n'a plus que le courage de continuer son chemin et aboutit à l'angle de l'autre rue passante. Là, il reprend souffle et commence à s'en vouloir, honteux de sa honte. « Quoi, c'est pas pour la sale chose que je viens, voyons ! Je veux voir Shun-zi, voilà tout. » Ainsi gonflé, il repart à l'assaut. Cette fois-ci doit être la bonne. D'autant plus que la situation extérieure lui est favorable : il n'a pas à pousser la porte noire, elle est entrouverte. Une femme d'un certain âge a sorti la tête pour lorgner dehors. Son épais visage de maquerelle se fend d'un sourire tout miel : « Entrez, mon bon monsieur. S'il vous plaît, entrez. » En guise de réponse, Lao Sun marmonne deux « hum, hum... », enlève son chapeau ; et tête basse, il franchit le seuil. « C'est la première fois, monsieur ? » La voix de la femme se veut aimable et rassurante.

Dans la grande pièce qui sert à la fois de salon et de bar, la maquerelle reprend la parole :

– Ici, tous les clients trouvent leur compte. On en a de superbes. Les autres sont pas mal non plus, à vous de choisir.

– Superbes ou pas mal, ça m'est égal. Je veux voir Shun-zi !

Le lourd accent de Lao Sun révèle son origine campagnarde.

– Ah, Shun-zi. Monsieur la connaît donc ?

– Ça fait des années...

– Je vais l'appeler tout de suite. Elle va bien servir monsieur ; elle sait y faire !

Ces mots font rougir Lao Sun jusqu'aux oreilles. Pendant l'absence de la femme, au lieu de s'asseoir comme l'autre l'y a invité, il se tient bêtement au milieu de la pièce, tripotant son chapeau. Il s'attend au choc, lequel s'avère encore plus brutal. La voici, dans l'embrasure de la porte, vêtue d'une robe outrageusement fleurie. En rapport avec la robe, le visage légèrement bouffi est grimé à l'excès. Les cheveux gominés luisent ; il n'y a plus la frange qui, autrefois, donnait au visage une note de fraîche coquetterie. Lao Sun s'ingénie à retrouver en la femme devant lui la Shun-zi de jadis. Il y parvient presque à l'instant où celle-ci, émergeant de son regard triste, lui lance un sourire ébahi :

– C'est toi, Lao Sun !

– Oui. J'ai à faire en ville aujourd'hui. Je viens te faire un signe.

– Vous avez pris la peine de venir, profitez-en pour passer un agréable moment !

La maquerelle a toujours son mot de trop à dire. Lao Sun a beau être inexpérimenté, il est assez fin pour en comprendre le sens. Un sursaut de dignité aidant, il joue à celui qui ne se laisse pas impressionner. Il demande le prix ; de sa main qui ne tremble qu'imperceptiblement, il puise dans sa bourse des pièces soigneusement comptées et recomptées la veille.

Précédé de Shun-zi, il pénètre dans une chambre où tout l'incommode. Les meubles agressifs, le lit provocant, et ce rouge vulgaire et sale partout, les murs, la couverture, le paravent. Il n'est pas jusqu'au plateau de laque craquelée où l'on pose tasses et théière qui ne soit entaché de cette couleur usée qui rappelle la chair vineuse des clients et le sang caché des prostituées. Un seul détail adoucit le cœur de Lao Sun : le bracelet de faux jade au ton vert tendre que Shun-zi garde encore au poignet, un objet bon marché que lui avait vendu un colporteur devant la maison. Lao Sun s'en souvient parce qu'il avait assisté à la scène ; il venait d'être engagé au service des Zhao.

On étouffe dans la pièce. Shun-zi aide son « client » à enlever sa veste. Puis, comme naturellement, elle approche ses mains de la ceinture en tissu de celui-ci, tout en disant :

— Lao Sun, t'as donc envie de venir ici ?

— Qu'as-tu à toucher à ma ceinture ?

— Mais je te la dénoue, sinon comment peut-on faire ?

— Faire quoi ?

— Drôle de question. Tu es là, tu as payé, c'est pour ça, non ?

— Pas maintenant. On aura le temps.

— Ici, on ne peut pas trop traîner, tu sais.

— C'est pas pour ça que je suis venu aujourd'hui.

— Qu'est-ce que tu veux dire ?

— Ce que je veux dire ? Eh bien ! Je veux te racheter.

— Racheter ? Oh là, tu parles d'une idée ! Ça demande une fortune !

— Une fortune ? Je l'ai. J'ai fait des économies, tu sais. Combien en faut-il ?

– Au moins des centaines d'onces d'argent.

– Ouais, bigrement une somme. Ça demande encore un bout de temps.

Lao Sun s'efforce de garder contenance, quoique son cœur soit d'un coup vidé de la moitié de sa confiance.

– Je vais trouver des moyens, crois-moi.

Il ne voit pas quels moyens il peut trouver. Pourtant, les dents serrées, sa résolution est prise. Dans cette chambre d'une laideur qui crève le cœur, plus crève-cœur encore lui apparaît le visage de Shun-zi qui, coloré par une soudaine émotion, s'anime d'une âme depuis si longtemps enfouie. Déjà ses yeux brillent de cette clarté transparente qui avait su le ravir sous le toit des Zhao. Le proverbe dit vrai : un lotus pousse dans la vase d'un étang, mais aucune boue ne peut entacher ses pétales purs comme jade.

– Je ne savais pas qu'il existait au monde des gens fidèles et bons comme toi, sanglote Shun-zi. Si je t'appartiens, je passerai trois vies à te servir !

– Une seule vie, c'est déjà bien ; je ne demande pas plus. Je te sortirai de cet enfer. Tu dis que je suis fidèle, eh bien, je le suis. Je ne suis pas de la même espèce que Zhu le Sixième ! Je te sortirai, tu verras.

La femme pleure plus fort ; ses yeux deviennent des digues rompues. Après avoir mouillé deux ou trois mouchoirs, par curiosité ou par diversion, elle demande :

185

– Qu'est-ce qu'il devient, Zhu le Sixième ?

– Lui ? Il vient d'être chassé de chez les Zhao.

– C'est vrai ? Il en a été chassé, lui aussi ?

– Oui, lui aussi, mais pour d'autres raisons. Il a du toupet ; figure-toi qu'il s'est acoquiné avec Dame Fu-chun !

– C'est pas croyable. Tout peut arriver dans cette famille Zhao ! Et après ?

– Après ? C'est arrivé comme ça doit arriver : il a été chassé... Au fond, ça aurait pu continuer sans que personne en sache rien. Mais Zhu le Sixième n'est pas quelqu'un qui sait se tenir tranquille. Tu sais, avec son air gentil, il est plein de vices. En plus de courir les femmes, il boit. Et il aime les jeux comme c'est pas possible. Comme il venait de tout perdre, il a osé faire du chantage à Dame Fu-chun pour avoir de l'argent. Alors, c'est arrivé comme ça doit arriver, Dame Fu-chun lui a tendu un piège ; il est tombé en plein dedans.

– Ça par exemple ! Quel piège ?

– Faut que tu saches d'abord que, depuis qu'il est paralysé, Deuxième Seigneur est plus irritable que jamais, il dort souvent seul. Dame Fu-chun a donc une chambre à côté. Des fois, quand Dame Fu-chun n'est pas bien elle-même, ou que les enfants sont malades, elle va carrément dormir dans la chambre des enfants. C'est alors la vieille Jiao-ma qui vient dormir dans sa chambre ; comme ça, si dans la nuit

Deuxième Seigneur appelle d'urgence, elle peut accourir. Tu devines peut-être déjà comment Dame Fu-chun a pu tendre le piège.

– Pas tout à fait.

– Eh bien, un soir, elle a donné rendez-vous à son homme ; en fait, c'est Jiao-ma qui était couchée dans son lit. Tu imagines la chose. Ce malin de Zhu le Sixième, pas si malin que ça, il s'est glissé dans la chambre comme un poisson dans l'aquarium, il a tâtonné jusqu'au lit. Dès le premier toucher, il a compris que quelque chose ne tournait pas rond. Au lieu d'un corps lisse et dodu, il avait affaire à une masse plus rêche, plus lourde. Néanmoins, il continuait machinalement à tâter. Mais voilà qu'il entend la voix éraillée de Jiao-ma qui crie : Qu'est-ce qu'il y a ? Au voleur, au voleur !... Aussitôt, Dame Fu-chun déboule dans la chambre. Ah, c'est toi, Zhu le Sixième ? Tu viens voler mes bijoux ! Lui, abasourdi, essaie de rétorquer : Mais c'est... Il n'a pas pu continuer. Dame Fu-chun montre aussitôt son visage dur : Attention ! Calomnier une femme de bonne famille, c'est très grave. Ce sera les travaux forcés, ce sera l'envoi à la frontière ! Le pauvre Zhu le Sixième était assez malin pour savoir que l'envoi à la frontière signifiait pratiquement la mort. Sans plus regimber, il a admis qu'il était venu voler les bijoux. Deuxième Seigneur, qui n'a rien deviné, l'a fait envoyer comme d'habitude au *ya-men*. Le soi-disant voleur s'en est tiré avec un mois de prison et une petite bastonnade. Il est parti chercher du travail ailleurs.

– Il s'en est tiré à bon compte, c'est sûr. Zhu le Sixième l'avait cherché lui-même. N'empêche que dans toutes ces affaires, les pauvres sont toujours perdants. Les riches n'en font qu'à leur tête !

La réplique de Shun-zi rappelle à Lao Sun l'inqualifiable injustice qu'elle a subie. Il revient à ce qui a motivé sa visite :

– Oui, y a eu trop de péchés chez cette famille Zhao. Je n'y resterai pas longtemps. Attends-moi !

17

A l'hiver succède un printemps précoce qui, sans trop de détours, prend son assise. Bientôt on aborde le troisième mois. Au bourg comme dans la campagne, l'air empli de duvets envolés des branches de saules embaume de prunus et de lilas en fleurs. Appelé constamment à jongler avec les dates de ses clients, Dao-sheng ne saurait oublier qu'il entame la troisième année de sa vie nouvelle. Il se laisse porter par l'écoulement des jours. Est-ce trop vite ? Est-ce trop lent ? Ce genre de question n'a plus cours dans sa manière de calculer le temps. Sa vie est entrée dans un autre rythme, obéissant à une aspiration qui le dépasse. A quelques exceptions – soit que Lan-ying, fatiguée, n'ait pas pu assurer la distribution, soit que lui-même, occupé par un client ou un patient, ait été empêché de s'y rendre –, il vit tous les jours dans l'attente de sa présence devenue sa raison d'être. Une attente qui ne connaît ni terme, ni lassitude, chaque entrevue apportant sa nouvelle ration de joie, avec toutefois sa part de souffrance causée par la muette brièveté de la rencontre. En lui cohabitent le sentiment du désir comblé et celui d'un manque. Comment nier qu'au fond de lui rôde une ardeur qu'avive la nature luxuriante, et qu'il continue à espérer quelque chose de plus. Le besoin d'entrer plus avant dans la vie de Lan-ying a fait naître en lui une confuse envie qu'il sait indigne : qu'elle feigne la maladie, pour qu'ils jouissent d'autres moments d'intimité. Il n'ignore pas qu'avec son caractère entier Lan-ying ne s'abaissera pas à un tel acte. Tout donne à croire qu'aux yeux de la femme ils ont fait, en la nuit de pleine lune, ce qu'ils pouvaient faire de plus.

Lan-ying a sa vision et sa raison. Il faut savoir les respecter. A cette pensée, l'homme retrouve son calme. Il prend conscience du changement qui s'est opéré en lui. Il sent, greffé à la racine de son être, un autre être qui cherche à grandir, aussi irrésistiblement qu'un pin sans âge qui, faisant éclater le roc, pousse coûte que coûte son tronc. Cet être autre, est-il encore lui-même ? Est-il selon sa loi ? Il l'ignore et ne peut que constater un fait extérieur qui vient confirmer cette connaissance qu'il a de lui-même. Parmi les clients qui le consultent, beaucoup ne se contentent plus d'une simple divination ; ils l'interrogent sur la manière de vivre. Comme s'ils voyaient en lui, non plus l'homme qui court « lacs et fleuves », mais un être pénétré de vertu, de sagesse. C'est un rôle qu'il n'a jamais envisagé ni souhaité jouer. Il ne connaît de lui-même que l'être démuni, sans cesse en quête, tendu vers un destin qui jusque-là le dépassait.

Aux alentours de la fête de *Qing-ming*, le ciel, généreux, a fourni selon le souhait des paysans une pluie abondante. Les rizières en terrasses, mirant la cohorte des nuages qui passent, scintillent partout d'émeraude. Avec l'arrivée de l'été, l'espoir d'une bonne récolte se transmue en quasi-certitude. Toujours prompt à se rassurer, le cœur des hommes s'irrigue du désir de reconnaissance et de célébration. Il est à prévoir que la fête du *Duan-wu* ou du Double Cinq sera particulièrement fervente. En cette époque où l'année va vers son point culminant, elle symbolise le mouvement ascensionnel par lequel les humains tentent de faire triompher la vie, en ce jour anniversaire de la mort, combien symbolique aussi, du poète Qu Yuan, il y a plus de deux mille ans.

Un mois à l'avance, déjà les familles s'adonnent à la préparation de nourritures et de friandises, notamment ces petites galettes de riz farcies, salées ou sucrées, enveloppées dans de fines feuilles de roseaux. Cuites à la vapeur, elles exhalent l'odeur parfumée du sol originel, suscitant chez tous la fringale de la jouissance collective. Le jour dit, pas une maison qui ne s'orne de longues feuilles d'armoise, qui ne colle à l'entrée l'affiche rouge portant sentence écrite ou image peinte. Pas un autel au bord des chemins où l'on n'offre des sacrifices aux dieux du Foyer et du Sol. Les grands temples se voient envahis de milliers de fidèles et de visiteurs occasionnels.

Ce jour-là, comme les jours précédents, Lan-ying ne distribue pas de repas. Toutes les maisons offrant l'hospitalité, on peut se nourrir partout. Tôt dans l'après-midi, accompagnée de Xiao-fang, qui partage avec elle la chaise, et suivie de Gan-er qui marche derrière, elle se rend au temple pour brûler de l'encens, après quoi elle se fait conduire à la porte Ouest du chef-lieu et, de là, au grand pont qui enjambe le fleuve. C'est ici qu'aura lieu la course de bateaux-dragons. Tout au long du chemin, la progression a été lente et pénible, tant est dense la foule qui coule en flots continus. Finalement, près du pont, sur un terrain plus élevé réservé au public féminin, la chaise trouve à se poser, à côté de bien d'autres. Plus bas, hommes et enfants se répandent partout sur la berge. Emplissant toute la longueur du pont aussi, les spectateurs déjà présents forment un bloc si compact que personne ne peut plus bouger. Seules remuent les têtes dont un certain nombre portent chapeau de paille. Vu de loin, on a l'hallucinante illusion d'un dragon couché dont les écailles palpitent au vent. Au milieu du pont, à l'une des arches, est suspendu un gros ballon de satin rouge qui étincelle au soleil. Il sera destiné au vainqueur. Le pont sert de ligne d'arrivée à la course. En aval, assez loin, là où le fleuve commence à former un

coude, on peut apercevoir quatre bateaux-dragons cha-
marrés de bannières de toutes les couleurs. En attendant patiemment que commence la compétition, on
se salue, on s'interpelle, on crie, on rit. Le brouhaha
dont la vaste aire du spectacle est parcourue n'est
rompu, de temps à autre, que par la détonation des
pétards, lesquels, explosant à cœur joie, envoient leurs
bouffées de poudres brûlées. L'ambiance de la fête
s'enhardit et monte d'un cran.

Comme décidément la course qui se prépare fébrile-
ment là-bas ne semble pas encore près de commencer,
la foule, amassée le long de la berge, a tout le loisir de
contempler, non loin de la tête du pont, le terrain surélevé, transformé pour la circonstance en un lieu magique. Les robes que portent les femmes, légères en cette
saison, combinées avec les ombrelles qui s'ouvrent chaque fois que le soleil perce les nuages, y composent un
miracle de couleurs et de formes. Et miracle des mira-
cles, le rassemblement de tant de visages féminins, si
radieux, si longuement offerts ! Un tel rassemblement,
véritable ciel étoilé, constitue un point de fascination
pour les hommes, pauvres contemplateurs douloureusement avides, et pourtant éternels contempteurs des
femmes. Sans faire exception, Dao-sheng, qui se tient
sur la berge, dirige également son regard vers ce pôle
d'attraction. La main en visière sur le front, il observe,
vaguement au début, puis avec application. Soudain,
un éclair de satisfaction lui traverse le cœur. Il distingue,

à côté d'une robe mauve, une robe bleu clair : présence évidente, celle de Xiao-fang et de Lan-ying ! Il lève le bras pour faire des signes, sans ignorer la vanité de son effort. Pareil aux citadins et aux paysans qui l'entourent, il porte une blouse courte en tissu blanc, difficilement repérable de là-haut. D'autant que l'excitation commence à gagner la foule. L'imminence du spectacle chauffe l'atmosphère. Au bord du fleuve, les jeunes se chamaillent, se bousculent. Au milieu d'eux il repère Gan-er et les enfants de la famille Zhao. Il les connaît pour les avoir vus aller à l'école non loin du temple. Il avance et s'adresse à Gan-er. Par lui il apprend que Dame Fu-chun et Jiao-ma sont également là. Dans la maison, il ne reste que les gardiens, ainsi que Deuxième Seigneur. Malade, il est obligé de garder le lit.

Annoncée par de sonores coups de gong, la course commence. Deux bateaux dont tout l'avant est fait d'une tête de dragon fièrement levée qui crache de l'or quittent la ligne de départ. D'allure de plus en plus vive, bannières au vent, ils remontent le fleuve à contre-courant. Leur marche est scandée par le bruit assourdissant des tambours et par le ahanement ininterrompu des rameurs : « Hang-yo, hang-yo !... » Debout derrière la tête du dragon, le crâne cerné d'un foulard rouge, le meneur exhorte les rameurs. Torses nus, peinturlurés de signes d'écailles, ceux-ci n'oublient pas qu'ils sont des descendants du Dragon. En ce jour exceptionnel, ils se découvrent dragons eux-mêmes. Pris par l'ivresse, chacun se donne à corps perdu, s'efforce de surmonter l'effort qui l'asphyxie, et contribue à déclencher, entre vagues et nuages, la grande rythmique originelle.

Dao-sheng, qui est venu seulement en badaud, se laisse aussi empoigner par l'ébranlement général. D'anciens souvenirs lui remontent à la gorge, lui réchauffent le sang. Il se revoit sur les digues brisées parmi les forçats qui tentent de les colmater. Leurs torses nus forment un rempart dérisoire contre l'assaut des flots, plus féroces que des fauves déchaînés. Combien sont ceux qui, ne sachant pas nager, ont été emportés comme fétus par pelletées entières ! Ah, ne pas savoir nager, ce doit être le cas de beaucoup de ces rameurs ! Ces descendants du Dragon, transformés depuis longtemps en paysans terriens, ne sont plus capables de composer des jeux fantastiques. Leur destin n'en dépend pas moins de l'élément eau. Toute l'année ne vivent-ils pas dans l'attente du précieux liquide, lequel se plaît à jouer avec eux le jeu de la vie et de la mort ? En quantité adéquate, l'eau leur assure le bonheur. Insuffisante ou excessive, elle provoque sécheresse ou inondations. Elle est devenue une divinité capricieuse que l'homme vénère avec amour et crainte. Cette fête, cette course même sont là pour en témoigner. Qu'à l'origine, à l'occasion de la mort du poète Qu Yuan dans le fleuve Milo, on ait fondé cette fête montre tout le sens que les hommes y attachent. Qu Yuan, le premier poète connu de Chine, loyal serviteur du royaume, a connu la disgrâce du fait de son souverain corrompu. En exil, il est devenu le chantre de sa terre. Ses longs chants de lamentation, transmués en une imploration des divinités, étaient connus de tout le peuple. En se jetant dans la rivière Milo, il a accompli le geste sacrificiel qui renoue par l'eau l'alliance de la Terre et du Ciel.

Le poète symbolise la vénération des hommes pour la juste Voie. En célébrant sa mémoire, on célèbre le triomphe de la vie. Pas étonnant que, en mangeant galettes de riz et poissons frais – initialement destinés à être jetés dans l'eau, afin d'appâter les monstres marins et épargner le corps du poète sacrifié –, les hommes retrouvent force et confiance. Ces humbles paysans qui d'ordinaire, sous la pression des gouvernants et pour les besoins des travaux des champs, ont l'habitude de courber l'échine recouvrent ici leur dignité. Leurs muscles, tout en saillie, luisent d'eau et de lumière. On dirait que ramant, soufflant et ahanant, ils ont jeté tous les carcans par-dessus bord et que, l'espace d'un après-midi, esprits humains et esprits divins mêlés, ils accèdent à une sorte de souveraineté extatique. Fils du Dragon, point ne faut les mépriser ! Si les puissants de ce bas monde trahissent leur mandat du Ciel, ils se soulèveront. La vie harmo-

nieuse est leur rêve ; la rébellion, aussi, est à leur portée. Songeant à tout cela, Dao-sheng pense à lui-
même. Ces interrogations et ces réflexions, tant de fois
ressassées, lui reviennent une fois encore. N'a-t-il pas
lui-même été un rebelle ? Après son évasion, il a vécu
une courte période en eaux troubles, puis une longue
période chez les moines taoïstes sans réussir à se plier
à leur discipline. Il s'en est suivi une vie d'errance où,
en dépit de l'exercice d'un métier, il était mû par la
quête d'un ailleurs. Et finalement, la quête a rencontré
son but, est devenue une discipline, celle de l'amour,
qui vient de l'intérieur, selon son cœur. Peut-être, là
encore, demeure-t-il un rebelle, puisque lui comme la
femme aimée n'ont jamais obéi à l'ordre conventionnel, ne font rien selon la loi commune.

La femme est là, robe bleue contre le bleu du ciel.
Combien proche, presque à portée, et pourtant lointaine, comme aspirée par la voûte céleste. Ainsi, la
quête n'a point de fin, et un feu doit brûler indéfiniment. Voilà la vérité, voilà leur vérité. En ce jour
de fête, sous le soleil ardent, il est au bonheur d'être
là, sans l'ombre d'une lassitude. Peut-être, depuis la
hauteur, le voit-elle maintenant ? Nul doute, en tout
cas, qu'elle pense à lui. N'est-ce pas suffisant ? Sous
le soleil ardent, quelque chose est arrivé sur cette
terre : deux cœurs se sont retrouvés. Aussi anonymes
soient-ils, ces deux cœurs battent le rythme d'un
chant autrement plus enivrant que celui scandé par

la foule en délire. Dao-sheng joint alors son cri d'exultation à celui des autres. Il en profite pour crier à plein gosier et en tire une sensation de soulagement extraordinaire. Ces sempiternels murmures exprimés à voix trop basse lui ont décidément miné le corps. Toujours plus exalté, il agite le bras vers la hauteur et lance à répétition le nom de Lan-ying, sans éveiller l'étonnement de personne. Car à ce moment le vacarme est à son comble. L'un des bateaux, devançant l'autre, fonce vers l'arche du pont. Le meneur au foulard rouge se dresse de toute sa stature, sa main tendue touche enfin le ballon suspendu. Déjà, sans que cesse le battement des tambours, les deux bateaux ont passé le pont et gagnent, en amont, l'embarcadère prêt à les recevoir. Devant les applaudissements des spectateurs, les rameurs jettent des galettes de riz, des poissons et des écrevisses en paille qui se répandent sur la surface de l'eau. L'effervescence ne retombe point : on attend la seconde course où deux autres bateaux seront en compétition. Déjà, elle commence. Mêmes coups de gong, mêmes bruits de tambours, mêmes ahanements acharnés des rameurs, vite mués en fureur. Les hommes ne se lassent jamais de simuler une lutte chargée d'imprévu ; c'est leur manière d'évacuer leur frayeur.

Après cette deuxième course, les vainqueurs respectifs descendent le fleuve pour revenir à la ligne de départ. Ils se préparent pour la finale.

En attendant, éclatent de nouveau des pétards en guirlandes qui portent l'atmosphère à l'incandescence. Les poissons et écrevisses en paille, jaune d'or, fleurissent partout la surface du fleuve. Certains, rejetés par le courant, atteignent le bord ; et les enfants de se précipiter dans l'eau pour les ramasser. C'est alors qu'a lieu un de ces incidents qui émaillent inévitablement toute fête. Dans la bousculade, un jeune de petite taille a été poussé violemment. Il s'est affalé très loin, les fesses en l'air, la tête enfoncée dans l'eau ; ce qui a pour effet de provoquer le rire des spectateurs. Mais rapidement ses jambes disparaissent. Plusieurs personnes se mettent à crier : « Malheur, il se noie ! » Aucune cependant ne bouge ; apparemment, nul ne sait nager. Dao-sheng, s'employant à ôter sa blouse, a le réflexe de regarder si Gan-er est là. Ne le voyant pas, il a le temps de se dire : « Décidément, ce souffre-douleur, c'est encore lui ! » Le voilà qui se lance dans le fleuve en effectuant un plongeon. A quelques pas de la berge, en effet, le fond descend brusquement et l'on perd pied. Sous la pression du courant froid, son corps se noue en une tension extrême. Il tâtonne de sa main, ne rencontre rien. « Serait-il déjà plus loin ? Pourvu que je le rattrape ! » Oui, une vie à sauver. Tout ne tient plus qu'à un fil. Le geste juste, on le ramène à la vie ; une erreur, on la perd à jamais. D'un coup de jambes, il pousse dans le sens du courant, touche cette fois-ci le corps qui se débat encore.

Il l'empoigne de ses deux bras, l'entraîne vers la plage, puis le sort brutalement de l'eau. Toute la lourdeur des corps mouillés lui donne le vertige. Sans reprendre souffle, il se courbe et se saisit des pieds de l'adolescent. Se relevant, il tient le corps du noyé à l'envers. Le temps d'un clin d'œil qui semble une éternité, on voit l'eau sortir de la bouche ouverte devenue raide qui fait penser à un poisson mort, et on entend un cri aigu, pathétique, celui-là même d'un nouveau-né qu'on vient de projeter dans le monde de la vie...

Beaucoup de femmes ont accouru, soulagées de voir qu'il ne s'agit pas de leur enfant. On fait cercle autour de Gan-er et de Dao-sheng, héros involontaire, passablement gêné dans son pantalon mouillé, le torse nu dégoulinant d'eau. Certains lui tendent serviettes ou linges. Mais il voit avancer vers lui Lan-ying et Xiao-fang. Tandis que cette dernière se met en devoir d'enlever le veston mouillé de Gan-er et de frotter celui-ci avec son grand mouchoir, Lan-ying lui donne le sien. Il s'applique à son tour à s'essuyer l'épaule, le dos et la poitrine. Un léger parfum s'en exhale. Ce parfum, qui d'autre le connaît mieux que lui ? N'a-t-il pas possédé un autre mouchoir, humé et caressé tant de fois, mouchoir finalement perdu lors de son évasion, noyé sans doute dans l'eau ? Sensation fugace, hélas ! Devant la foule, il n'ose guère s'attarder. Il rend le mouchoir à Lan-ying et reçoit d'elle, en retour, des remerciements émus que tout le monde approuve avec

200

force hochements de tête et félicitations. On lui apporte sa blouse qu'il enfile machinalement. A ce moment précis, les gongs annoncent la victoire finale.

Il s'extrait de la foule, se retire vers l'arrière de la berge, afin de laisser son pantalon sécher au soleil et au vent. Il voit, de dos, les deux femmes et le garçon qui se dirigent d'un bon pas vers le terrain surélevé. Une bouffée charnelle lui traverse le corps, ce corps capable de sauver une vie, capable de vibrer encore malgré l'évanouissement de sa vitalité d'autrefois.

18

Ce fait que Dao-sheng a appris par hasard lors de la fête de *Duan-wu* trouve confirmation le mois suivant : Deuxième Seigneur est bien malade. Pourquoi quelqu'un tombe-t-il malade à un moment précis ? Il y a des causes extérieures qu'il est en général aisé de constater. Plus difficiles à déceler sont les causes internes, souvent inconscientes, ou alors inavouables. Que Deuxième Seigneur ait subi les conséquences de sa paralysie, c'est une évidence. Un autre d'un caractère plus paisible aurait pu s'en accommoder et vivre ainsi longtemps. L'homme habitué à exercer sa puissance sur tout ce qui est à sa portée, et qui tire jouissance de cette domination sans conteste est rongé depuis trop d'années par une espèce de rage. Cette rage accentue l'incapacité dont il est frappé, lui enlève la possibilité de goûter aux plaisirs simples, comme ceux que lui offre Dame Fu-chun. Il n'est pas assez bête pour ne pas sentir le côté forcé et faux de sa concubine, tout en sachant que rien en son pouvoir ne peut y remédier ; il en est tellement dépendant ! Cela dit, s'il acceptait de se laisser aller, sans trop chercher, sans trop exiger, la vie pourrait continuer comme ça, en gros tranquille. Un peu de douleur par-ci, un peu de malaise par-là, rien de vraiment fatal. C'est sans compter avec l'événement inattendu : la métamorphose de Dame Ying qui l'a littéralement ébloui, puis terrassé. D'où vient que cette femme flétrie par les chagrins, confite en dévotion, redevienne si épanouie, si appétissante ? Quelle est la cause de cette chair soudain renouvelée ? A supposer qu'il n'y en ait pas – les femmes ont de ces tours qu'il vaut mieux renoncer à expliquer –, le fait même est intolérable. Oui, cette femme, quasi répudiée par lui, se permet d'être heureuse en son coin, alors que lui, le maître, s'enfonce chaque jour davantage dans le pétrin. Son allure superbe, là, au milieu des fleurs, est pour l'homme une permanente provocation. Cela entretient en lui un feu mauvais qui le consume lentement. Voilà la vérité : on peut devenir malheureux à être jaloux du bonheur, peut-être fictif, d'un autre. Surtout lorsque le bonheur en question pourrait vous appartenir. Cette Dame Ying, aussi « répudiée » soit-elle, reste tout de même épouse. Autrefois, il suffisait à Deuxième Seigneur de lever le doigt pour en disposer. Par quelle aberration on en est arrivé à cette situation humiliante, où impuissance, maladresse, complexe, gêne conspirent à rendre une simple coucherie impossible. Depuis la séance ratée où Dame Ying lui a échappé, Deuxième Seigneur rumine sa rage. Il mijote une seconde tentative, sans trop savoir comment s'y prendre pour assouvir son désir. Plus il pense à elle, plus sa concupiscence s'éveille, s'exacerbe. Comme si, de toute éternité, il n'y avait que cet objet-là, par tous ses attraits (ah ! cette chevelure, ces épaules, ces bras, cette poitrine, ces fesses...), qui puisse le satisfaire, alors que jadis la fadeur de ce même objet lui avait inspiré la lassitude, pour ne pas dire le dégoût. Tel est le pouvoir de l'imagination chez les hommes ; Deuxième Seigneur est à ce point rongé, jusqu'aux « foie et rate », qu'il en tombe malade.

Tout ce qui ronge Deuxième Seigneur est ignoré, bien entendu, de Dao-sheng. Certes, il n'est pas nécessaire d'être devin pour savoir que l'homme violent, supportant mal sa paralysie, va inexorablement vers le dépérissement tôt ou tard. Si tôt, l'a-t-il prévu ? Certainement pas. Pas plus les conséquences que cette maladie entraînera.

Dans l'immédiat, Deuxième Seigneur fait régner dans la maison son arbitraire. Irritable à longueur de journée, en colère pour un oui ou pour un non, il exige le silence absolu, interdit toute activité qu'il considère comme dérangeante ou inutile : les enfants ne doivent plus jouer dans le jardin, Fu-chun et Jiao-ma ne doivent plus s'absenter pour aller chez les voisins ou s'attarder avec les colporteurs, Dame Ying doit cesser de distribuer des repas à midi, etc. Lao Sun, seul serviteur depuis le départ de Zhu le Sixième, n'est pas épargné. Il est tenu d'être là en permanence, à tout moment, pour une course urgente, pour transporter, avec l'aide des gardiens, le médecin appelé parfois nuitamment.

Du coup, Lan-ying est privée de la possibilité de sortir. Il n'est pas concevable qu'une dame de « bonne famille » aille à pied sur la route. Seule la compréhension de Lao Sun lui a permis de se rendre deux ou trois fois, durant ce sixième mois, au temple. En bon serviteur, il connaît le besoin de sa maîtresse d'y prier et d'y brûler de l'encens. Avec la complicité d'un des gardiens, il profite de l'heure de la sieste pour l'emmener en chaise au bourg. Un peu sur le qui-vive, il attend le temps nécessaire à l'accomplissement des rites ; et le retour s'effectue de façon aussi leste que l'aller. La hâte avec laquelle Lan-ying apparaît et disparaît plonge Dao-sheng dans un profond désarroi. En raison de ce désarroi même, l'émotion née de chaque rencontre n'en est que plus vive. Empreinte d'une mélancolie mêlée de gravité, la figure de la femme évoque réellement celle de Guan-yin. Toutefois, à côté de la compassion humble et naturelle qui l'habite, quelque chose d'éloquent émane de sa personne. Dao-sheng n'est pas long à remarquer que cela tient à un détail : sa chevelure. Au lieu de sa coiffure habituelle, elle l'a relevée vers le haut, en sorte que le chignon qui la termine, chignon traversé d'une aiguille fine, se trouve au sommet de la tête, et donne à son visage une expression particulièrement attirante. « Loin de se laisser abattre, il y a en elle le désir de parler, cela par son corps », pense-t-il, consolé. Il pense aussi qu'on ne prête jamais suffisamment attention à ce que fait la femme pour son apparence. On se contente d'apprécier le résultat, sans savoir que ce résultat suppose tout un ensemble de gestes imprégnés de sentiments ; ainsi la manière gracieuse de lever les bras pour se peigner, ou de nouer le chignon avec des doigts aussi habiles que délicats... Dans la lumière changeante de ce milieu de l'année, tantôt limpide comme le fond de l'azur, tantôt nimbée d'on ne sait quel reflet de jaspe, la présence de Lan-ying surprend Dao-sheng par son aspect neuf, comme si chaque fois il la voyait pour la première fois. Elle l'émeut, tel un don unique. Il se met à regretter amèrement de n'avoir pas su, durant plus de deux ans, la contempler avec l'intensité voulue, sûr de la voir tous les jours, sûr que l'état des choses durerait. Contempler, ici, c'est communier, c'est faire advenir la beauté. La beauté, il le sait maintenant, n'est pas cette forme seulement extérieure, fixée une fois pour toutes, qu'on peut à sa guise poser sur une étagère comme une statuette. La vraie beauté est élan même vers la beauté, fontaine à la fois visible et invisible, qui jaillit à chaque instant depuis la profondeur des êtres en présence. Puisque la beauté est rencontre, toujours inattendue, toujours inespérée, seul le regard attentif peut lui conférer étonnement, émerveillement, émotion, jamais identiques.

La beauté est fragile, Dao-sheng le sait, à ses dépens. Elle advient sur la crête de l'instant. La moindre négligence, et elle s'évanouit. Et tant d'éléments extérieurs, brutaux, cruels, qui viennent l'étouffer. Qu'arrive-t-il lorsqu'on n'est plus « en présence » ? La beauté subsiste-t-elle lorsqu'on ne peut plus se voir ? Et qu'en est-il de l'amour qui lui est si proche et si lié ? Comme la beauté, l'amour est rencontre. Qu'arriverait-il si l'amour était privé de la présence ? Dao-sheng s'interroge devant l'inconnu que suscite la maladie de Deuxième Seigneur. Cette maladie durera-t-elle ? Le malade maintiendra-t-il l'interdit jusqu'à la fin ? S'il lui arrive quelque chose, est-ce que la rencontre avec Lan-ying sera plus facile ? Ou plutôt le contraire, à cause du veuvage et du qu'en-dira-t-on ? Dao-sheng voudrait pouvoir s'appuyer sur des idées solides. Aux prises avec une passion réelle mais dont le mystère sans cesse le dépasse, il mesure une fois encore combien on est vivifié par la foi qu'on porte en soi, une foi née de l'intuition, ou de l'expérience. Sans cette foi, on serait écrasé, on serait désespéré. Qu'il y ait un lien « plus durable que Ciel-Terre », c'est parce qu'il y croit, parce que Lan-ying y croit aussi. Et cet étranger, alors (tiens, où est-il maintenant ? C'est impardonnable que je ne sois pas allé le revoir !), ne parle-t-il pas tout le temps de l'amour et de l'éternité ? Oui, on a juré l'éternité, ne doit-on pas l'affronter enfin courageusement ? Comment se mesurer à elle ? La vie est si éphémère, si semée d'entraves, comment surmonter la séparation des corps ? Comment survivre à l'absence ? Qu'en est-il du Souffle ? Qu'en est-il de l'âme ? Dao-sheng se lève, se rend à l'auberge de la porte du Sud. Il apprend que les deux hommes de l'« Océan de l'Ouest » n'y habitent plus. Invités par le préfet, ils demeurent dans une résidence à côté du *ya-men*. A ce nom de *ya-men*, Dao-sheng hésite. Il ne se sent pas le cœur d'y aller. « Je les verrai peut-être. Ou plus jamais. Le destin décidera ; ainsi vont les affaires de ce monde. »

Le sixième mois s'efface, laissant place à un septième mois plus torride. De longues journées se passent sans que réapparaisse Lan-ying. Un soir, Dao-sheng est en train de ramasser ses affaires lorsque survient Xiao-fang. Elle lui apprend que sa maîtresse se porte assez bien mais souffre de ne plus pouvoir sortir. Tout en parlant, elle jette un regard autour ; visiblement, son propos est ailleurs. A un moment où nul témoin n'est présent, d'un geste rapide, elle lui tend un mince paquet. Aussi lestement il le prend et le met dans sa large poche. Rentré au monastère, dans sa chambre, il s'assure qu'aucun bruit ne résonne dans le couloir avant de l'ouvrir. Au monastère, les portes ne sont pas verrouillées, car personne n'y est censé avoir une vie privée. C'est d'ailleurs bien la première fois que Dao-sheng tient dans la main un objet secret dont l'aspect intime d'emblée l'émeut. Le paquet enveloppé de papier contient, de forme rectangulaire, un sac rose à peine plus grand qu'une main, fermé par de fins boutons. Du sac il sort un ouvrage plié en deux, entièrement brodé. La broderie représente une scène d'eau couleur vert pâle, semée par-ci par-là de plantes aquatiques. Au premier plan se dresse une fleur, une orchidée ; plus loin, près de l'autre rive, un lotus blanc. Entre les deux fleurs, comme pour égayer toute la scène, un poisson au ton rouge nage, apparemment insouciant, dans l'onde aux rides ingénieusement suggérées. Après avoir admiré l'art avec lequel chaque figure est brodée, Dao-sheng se concentre, grave et pensif. Nul doute que le cœur de Lan-ying y parle. Mais le langage d'une femme, est-ce si simple à saisir ? L'automne dernier, à la fête de la Lune, ils avaient tant à se dire. En raison même, sans doute, de cette occasion exceptionnelle, ils n'avaient su se dire que peu de choses. A présent, profitant de son enfermement, aiguille après aiguille, Lan-ying a inséré sa pensée dans la moindre fibre de cette pièce précieuse ; elle m'invite à la lire avec attention. Ces images si pleines de fraîcheur, au demeurant simples, semblent pourtant mêler audace et pudeur, aveux sans détour et méandres subtils. C'est un tableau ; c'est un poème. Que veut-il dire ?

Cherchant en lui-même un peu de ressource, il croise en esprit la figure du lettré. Mais oui, l'éternel candidat aux examens est indéniablement un vrai poète. N'a-t-il pas appris au devin à lire la poésie, à sentir et saisir ce qu'il y a entre les mots et par-delà les mots ? Comme Dao-sheng voudrait lui montrer sur-le-champ la broderie pour en recevoir une leçon d'interprétation ! Sachant pertinemment que cela est impossible, il se résout à fouiller dans ses souvenirs. Aussitôt, lui reviennent en mémoire des vers anciens qui gardent toute leur fraîcheur et dont le lettré lui a fait goûter le charme en lui révélant leur signification profonde. Il entend vibrer la parole de celui qui se considère comme un raté.

– Pour exprimer la nostalgie du pays natal, si l'on dit : « J'aimerais revoir le pays », c'est direct, mais c'est court. En revanche, lorsque le poète dit :

Les froides branches de prunus devant la fenêtre
Ont-elles fleuri quand le printemps est là ?

Il se remémore le passé, s'imagine le présent et confie son espoir en l'avenir : puisque les branches de prunus fleurissent tous les ans, il aura la chance de les retrouver un jour. Ou alors les retrouver ailleurs : là où fleurissent les prunus, là est le pays natal.

Afin d'exprimer une pensée pour un ami vivant au loin, si l'on dit : « Je pense à toi en cette nuit », c'est direct, mais c'est court. En revanche, lorsque le poète dit :

211

Dans la montagne vide tombent les pommes de pin,
L'homme lointain, lui aussi, doit être hors du sommeil.

Il se remémore les jours où il était avec l'ami et s'imagine l'heure présente où tous deux, à distance, partagent la même écoute, celle du bruit des pommes de pin qui tombent et qui résonnent comme leurs cœurs battant à l'unisson.

Dao-sheng se rappelle que le poème ancien que le lettré aimait le plus, c'était celui qui évoque une scène de séparation entre deux amants, séparation qui fait naître une union plus haute.

La scène représente l'homme qui s'éloigne dans une barque, tandis que la femme reste sur la rive. Le poème, un quatrain, se termine ainsi :

Sur le lac le voyageur se retourne :
Mont vert entouré de nuage blanc.

Au premier abord, on identifie volontiers le mont vert à la femme restée sur la rive, et le nuage blanc à l'homme qui vogue vers le lointain. Une lecture plus attentive signifie qu'au fond le mont vert, *yang*, pourrait désigner l'homme qui semble crier de loin : « Je pars, mais je reste en pensée avec toi ! » et que le nuage blanc, *yin*, pourrait, lui, désigner la femme qui semble murmurer : « Je reste, mais mon cœur voyage avec toi. » Plus en profondeur encore, par ce dernier vers, on se rappelle une vérité éternelle : le nuage naît des entrailles du mont ; monté dans le ciel, il se transforme en pluie, laquelle, retombant, reverdit le mont. Dans ce mouvement circulaire, le mont porte sans cesse le nuage, et le nuage porte sans cesse le mont. Il y a entre eux une relation constante de va-et-vient, une étreinte inextricable qui se renouvelle sans cesse, et qu'un langage ordinaire ne parviendra pas à suggérer.

« Ne pas exprimer directement ses sentiments, parce que directement on n'y arrive pas. On en dit bien plus par les images. Dans ce cas, Lan-ying, qu'as-tu voulu dire par ta broderie ? Je sais bien qu'il n'est pas possible de tout comprendre, tant la scène est vivante et continue de vivre. Sans doute vaut-il mieux accueillir au fur et à mesure du temps qui passe le sens qui viendra à l'esprit. Pour l'instant, je vois ceci. Il y a l'orchidée ; je n'oublie pas qu'elle est ton nom. Il y a le poisson qui a sa tête tournée vers l'orchidée. Entre la fleur et le poisson, il y a l'eau qui les unit tout autant qu'elle les sépare. Se rejoindront-ils jamais ? Pourront-ils jamais faire corps ? Et la fleur de lotus, quelle est-elle ? Elle se tient plus loin, pure grâce, avec son reflet dans l'eau, aussi transparent et inaccessible que la lune. Est-elle ton corps, ou plutôt ton âme ? Que signifie-t-elle ? Veux-tu, par elle, appeler le poisson à se retourner, à

213

tourner la tête vers elle qui est près de l'autre rive ? Veux-tu, par là, évoquer la sentence bouddhiste "Il suffit de se retourner pour aborder l'autre rive" ? Que signifie au fond cette sentence ? Nous sommes sur cette rive ; quelle est notre autre rive ? Lan-ying, tu me vois perplexe et contradictoire. Comme j'aimerais te voir pour que tu m'expliques de vive voix ce que tu as à dire, tout en sachant que se voir est un don qui nous est refusé, et qu'à supposer qu'on soit en présence tu n'arriveras pas à me dire quelque chose directement. Cela par pudeur, ou par ignorance. Car après tout, toi-même tu ne sais peut-être pas. Tu sens qu'il y a deux fleurs en toi, orchidée et lotus, qu'il y a le poisson voguant au milieu, plein de rêves et de désirs, de nostalgies de la transparence aussi. Peut-être qu'il n'y a pas à choisir ; à moins qu'il ne faille tout de même choisir. En tout cas, tu as préféré laisser la scène vivante, ouverte. Ton langage de femme est si naturel, si audacieux, et, dans le même temps, insondable comme l'eau... »

Le lendemain, dans une mercerie, Dao-sheng se procure un ruban qu'il coud à l'extrémité supérieure du sac pour former une anse. Le passant autour de son cou, il porte le sac à plat contre sa poitrine. Il en sent ainsi la présence nuit et jour. Quand l'envie le prend, il sort du sac la pièce brodée. Longuement il caresse le doux tissu et les figures en relief non moins douces. Ce faisant, comment peut-il ne pas se souvenir du mouchoir de Lan-ying qu'il avait possédé durant son bannissement, et finalement perdu lors de l'évasion ? Ce mouchoir, c'est peu dire qu'il le humait, le caressait ; l'impression de toucher Lan-ying, de l'avoir près de lui, l'avait sauvé de la solitude et de la perdition. Aujourd'hui, il caresse la broderie avec la même intensité charnelle. « Est-ce tout à fait la même chose ? se dit-il. A trente ans de distance, n'y a-t-il pas, là aussi, un changement, une différence ? » Quoi donc ? Peut-être moins d'impulsion violente, moins d'avidité trouble qu'autrefois. Sans doute plus de confiance et de douceur, plus d'écoute patiente de l'autre, plus de résonance ouverte, de compassion même. Plus de besoin d'en être digne, de se laisser tirer vers quelque chose de haut, de grand, qui vous draine corps et âme, vers une sphère qui vous donnerait à embrasser toutes les fleurs, tous les oiseaux, toutes les étoiles. Qu'est-ce à dire donc ? Quel mystère se cache là ? Dans quoi s'est-il engagé ? Aller vers une femme, la posséder, c'est un acte tout ce qu'il y a de plus simple, du moins le croyait-il du temps qu'il était musicien ou fréquentait des malfrats ; l'amour serait-il devenu pour lui si difficile, si énigmatique, une réalité douloureuse et pourtant ardemment enivrante ?

La nuit de la fête du Double Sept, à la troisième veille, assis dans son lit, il regarde Bouvier et Tisserande s'immerger dans la Voie lactée pour se retrouver.

215

Son émotion n'est pas moindre comparée à l'année précédente. Seule sensation nouvelle : il s'éprouve à présent poisson, réellement poisson. Il ne doute pas qu'aucune eau, aucune nuit ne puisse plus l'empêcher de nager jusqu'où il veut, jusqu'au lieu où est son aimée. Il anticipe la joie de rejoindre Lan-ying au moins le mois suivant, à la fête de la Lune.

19

Dans sa pratique de la divination, qui combine physiognomonie, astrologie, interprétation des hexa-grammes, ainsi que certaine prescience née d'une longue expérience, Dao-sheng fait preuve souvent de justesse. Il n'en va pas de même pour lui. Il est entré dans le domaine de la passion, qui engage, d'une part, instinct et désir, et d'autre part morale et croyance. Ajouter à cela tout le mystère du féminin. Faute d'un regard distancié, d'un échange approfondi, il avoue son impuissance à y voir clair. Rien de ce qui est arrivé depuis ses retrouvailles avec Lan-ying n'a été prévu par lui. De même ce qui va se passer par la suite. A vrai dire, il évite de trop y penser, de peur de gâcher un bienfait qu'il sait venir du Ciel. Non-agir, c'est cela. Que demander de plus d'ailleurs, puisque Lan-ying lui a accordé son cœur ?

Vient le moment cependant où il ne peut plus se dispenser de réfléchir, lorsque Deuxième Seigneur, devant l'échec de la médecine officielle à soulager sa souffrance, se résout à faire appel au « charlatan » qu'il est. Le trouble s'installe en lui. Faut-il accepter ? Si oui, comment se comporter ? D'instinct, il sent qu'il ne peut refuser. Se retrouver devant cet « ennemi » qui a déterminé son destin est un acte qu'il ne saurait éluder. Naturellement, il n'est pas question de se venger. Sa vie ne se situe plus au même niveau que celle de cet individu. Néanmoins, que celui-ci soit amené à solliciter son intervention est véritablement un défi qu'il doit relever. Saura-t-il dignement dominer la situation ? Éduqué par la double exigence de la vie et de l'amour, il a certes gagné en maîtrise de soi ; mais il lui reste ce fond de pulsion et de révolte dont il sait qu'il serait prudent de se méfier.

Comment reconnaître en ce Deuxième Seigneur le jeune homme arrogant d'autrefois ? Dans la grande pièce donnant sur le jardin où Dao-sheng est introduit, aux relents d'opium et de potions médicinales, l'homme au front ridé et à la bouche tordue ne le frappe pas par des traits saillants. Seuls les tempes qui tressaillent par à-coups et les yeux exorbités de fièvre laissent deviner une vie de vices accumulés, frelatés de désirs rentrés.

— Je vous ai fait mander, maître devin, parce que je connais votre réputation en médecine aussi. Vous avez dans le temps guéri ma femme. A mon tour, je suis abandonné par les médecins qui ont pourtant tout tenté. Je tousse à cracher du sang, je suis tordu de douleur du côté des intestins, et j'arrive à grand-peine à uriner... Quelle souffrance ! Quelle vie de malheur ! Pouvez-vous faire quelque chose pour me soulager ?

Dao-sheng ne répond pas. Il soulève la paupière du malade, observe le blanc de l'œil traversé de filaments rouges. Sur sa demande, l'autre pousse quelques toux sèches et tend sa langue tapissée d'une couche de glaire verdâtre. Sentant la mauvaise haleine, il est saisi de stupéfaction de se retrouver, trente ans après, si proche du visage écumant de haine cette nuit-là, et qui, maintenant, dans la pièce silencieuse, est à sa merci. « Non, je ne ferai rien, se répète-t-il aussitôt. Cet homme a détruit ma vie, et celle de Lan-ying, comme celle de tant d'autres. Mais nous nous sommes engagés dans autre chose, un bonheur qu'il ne peut même pas imaginer. Il n'y a pas lieu, absolument pas, de se mesurer à cet être confit de rancœur. Je me demande pourquoi je suis venu aujourd'hui. Par curiosité ? Par besoin de savoir si en ce tyran égoïste subsiste une étincelle de repentir et de charité ? »

Il tâte le pouls du malade. Peu de temps lui suffit pour comprendre que la maladie l'a atteint à un degré suprême. Par un remède approprié et radical, on pourrait peut-être en retarder l'issue fatale. Il est en train de méditer une ordonnance quand la voix éraillée émet de nouveau sa plainte :

– Quelle souffrance ! Quelle vie de malheur ! Je n'ai

pourtant rien fait de mal pour que le Ciel me traite ainsi. Quel malheur ! Quelle souffrance !

Cette plainte trop répétitive éveille la voix du destin, un destin auquel n'échappent plus les deux protagonistes. L'homme qui a décidé de « ne rien faire » ne peut s'empêcher de lancer :

– Quel malheur ! quelle souffrance ! Cette parole, apparemment juste, ne l'est pas tout à fait.

– Comment cela ? Une parole qui est juste et qui ne l'est pas ?

– Ce que vous supportez, monsieur, c'est de la souffrance ; il n'y a rien de plus vrai. Mais comparé à ce que les autres ont dû supporter de façon injuste, on ne peut pas la qualifier de souffrance extrême. Comparé au malheur de beaucoup d'autres, monsieur, vous pouvez vous estimer heureux !

– Qu'est-ce à dire ? Quel est le malheur injuste supporté par les autres ?

– Les malheurs injustes, on peut les constater partout. Rien qu'à compter ceux de votre fait, il y a pléthore.

Cette phrase, jaillie brusquement, était posée sur le bout de sa langue. Il n'a pu la retenir.

– Que voulez-vous dire par ces propos insensés ?

– Si vous acceptez de vous interroger, vous ne pouvez pas oublier les méfaits que vous avez commis durant votre vie...

– Que dis-tu là, espèce de charlatan, tu deviens insolent !

– Insolent, je n'ose ni ne veux l'être. Mais vous, si vous acceptez de revoir votre vie avec un peu d'humilité et de repentir, vous devez la trouver pas trop mal par rapport à celles des autres. Ce que vous avez fait aux autres est bien difficile à énumérer. Les faits les plus notoires : pressurer sans pitié les paysans, jusqu'à les obliger à vendre leurs enfants ; s'emparer et abuser des femmes, les transformer en concubines ou les revendre ; s'enivrer d'alcool sans retenue et frapper des gens comme bon vous semble. Ou alors profiter de vos privilèges pour envoyer les gens au bagne...

Ce dernier point ne devait pas faire partie de l'énumération, mais, porté par son élan, ça lui a échappé.

– Condamner des gens au bagne ? Jamais de la vie !

Devant une accusation aussi « infondée », Deuxième Seigneur se sent fortifié dans sa conviction d'être innocent. Comment accorder crédit à un accusateur aussi fantaisiste ? Il s'apprête à reprendre le dessus, à rabattre son vis-à-vis à grand renfort de cris aigus. Dans le même temps, un éclair lui traverse l'esprit. Devant l'écran de ses yeux s'étale une image : une grosse charrette surgie de l'oubli, emplie de forçats ligotés, prêts à partir au bagne. Il dévisage Dao-sheng, y cherche de vagues signes distinctifs, une ancienne balafre sur la joue gauche.

– Vous êtes... ?

Dao-sheng ignore la question, se contentant d'ajouter :

— Tant que les chiffres célestes ne sont pas terminés, on continue à vivre. Si les chiffres célestes arrivent à leur terme, aucun effort humain n'y peut rien. Vous êtes laissé à vos chiffres célestes, sans que personne vienne les interrompre. N'est-ce pas vrai ce que j'ai dit tout à l'heure : par rapport au malheur des autres, vous pouvez vous estimer heureux ?

Sa phrase terminée, il se lève sans hâte, prend la porte et quitte silencieusement la demeure des Zhao.

— Salaud ! Bagnard évadé ! Espèce de hors-la-loi, tu n'iras pas loin. Je te ferai arrêter. Cette fois-ci, tu verras !

L'homme insensible au malheur d'autrui fait montre d'une étonnante sensibilité imaginative, dès lors que ce qui arrive aux autres le concerne. Après le départ de l'homme qu'il croyait avoir voué à l'oubli, il n'est pas long à deviner, par recoupement et par déduction, tout ce qui a pu se passer entre celui-ci et sa femme. Les images se déploient maintenant devant lui, tel un rouleau horizontal, avec des fracas de tonnerre. Suffocant de convulsions, il tremble de toute la chair qui lui reste.

— Malheur de malheur, calamité d'enfer ! Quelle misère ! Quelle honte ! L'infamante saleté a souillé la famille Zhao ; dix-huit générations ne suffiront pas à s'en laver ! Moi, Deuxième Seigneur, j'ai cru épouser une fille de bonne famille ; la voilà qui se révèle au

222

grand jour : une salope ! Par-dessus le marché, acoqui-
née avec un faux moine taoïste !

Déjà dépravée sans doute, ce soir-là, dans la grande
salle de ta foutue famille, quand on fêtait l'anniversaire
de ton grand-père. Tu as échangé, hein, de ces œillades
avec ce voyou de musicien ? Tu te fiais au charmant
minois de cet imposteur, de cet escroc qui savait comment s'y prendre avec les filles.

Et tenace avec ça. Trente ans après, il a réussi à
te retrouver. Chaque fois que tu vas au temple, tu
t'arrêtes devant son putain d'étal. Devant les gens, vous
ne pouvez pas dire grand-chose. Mais on peut parler
avec des regards et des sourires, voyons. Regards et sourires, ça n'a l'air de rien, mais c'est drôlement réjouis-
sant ! On a le sentiment à fleur de lèvres ; on a les yeux
dégoulinant de tendresse. On échange des paroles
muettes : l'un chante, l'autre répond, ça fait un silencieux duo à vous fendre le cœur ! Voilà un bonheur que
Deuxième Seigneur n'a jamais goûté. Moi, les femmes,
vous savez, je les prends quand ça me chante, au gré de
ma poussée, sans autre forme de procès. Avec moi, elles
ne donnent pas dans ces dentelles subtiles qui sont,
maintenant que j'y pense, autrement ragoûtantes.

Si seulement ça se limite au sourire et au regard ! Mais
non. Ce faux taoïste peut se rendre tous les jours derrière la maison pour recevoir sa pitance. Quand il tend
son bol, ne peux-tu pas en profiter pour lui frôler la
main ? Frôler sa main, que dis-je ? J'allais oublier qu'il

t'avait soignée quand tu étais malade. Pendant combien de temps ? Au moins un mois, sinon deux. Chaque fois qu'il venait, il avait ta main dans sa main de forçat. Ah, la main dans la main, paume contre paume, quelle jouissance ! On se caresse en silence, en murmurant des mots doux, en laissant l'enivrante sensation traverser toutes les veines, jusqu'à toucher le sommet du crâne, jusqu'à la plante des pieds, jusqu'à ce qu'on chavire de plaisir... C'est dégueulasse. Tu en es capable, salope. Alors que c'est un bonheur que je ne connais pas. Moi, avec les femmes, je n'y vais pas par quatre chemins. Elles ne me prodiguent pas de ces finesses-là.

Si les deux sont capables de ces bassesses, comment être sûr que l'ordure n'a pas profité de la situation pour en faire plus ? Les choses étant ce qu'elles sont, tout est possible, voyons ! Avec Xiao-fang comme complice, ce salaud ne se gênerait pas de monter jusque dans le lit ! Des livres érotiques, j'en ai lu ! Ces choses-là arrivent plus facilement que chez les chiens ! Quelle honte ! Quelle misère ! C'en est fini de moi. Je vois d'ici ces deux-là, tout nus, l'un dans les bras de l'autre, à faire leur sale besogne. Rien qu'à y penser, j'ai la poitrine qui explose !

Tu exploses, tu disparais, mais eux, ils vont rester. Quand je ne serai plus là, ils n'auront plus besoin de la faire en cachette, à la hâte. Ils vont s'en donner, à longueur de journée, à longueur de mois, à longueur d'année. Ça n'en finit plus de tendresses, ça n'en finit plus de cris d'extase. Aïe ! Aïe ! j'étouffe...

20

— Deuxième Seigneur a appelé d'urgence. Qu'est-ce qui ne va pas ? Le médecin taoïste est parti ?

— Fu-chun, approche-toi. Plus près. Écoute-moi. Un malheur est arrivé, tout ce qu'il y a de plus effrayant ! Il faut que tu sois au courant. Question de vie ou de mort !

Les mots se précipitent dans la bouche de l'homme blessé, haletant de colère.

— Question de vie ou de mort ?

— Je suis au bout du rouleau. Je ne pensais pas avoir affaire à chose pareille ! Le médecin taoïste, comme tu dis, sais-tu qui il est ? Un salaud qui a osé se bagarrer avec moi il y a trente ans. Je l'ai fait saisir et envoyer au *ya-men*. Il a été condamné au bannissement et aux travaux forcés. Comme il ne comptait pour rien, je l'avais complètement oublié. Eh bien, trente ans après, il est revenu. Pas seulement revenu, il est entré carrément tout droit chez moi. Plus sans gêne qu'un renard dans un poulailler ! Quand je pense qu'il était là il y a un instant, aussi près que toi maintenant, et qu'il m'a touché ! C'est insupportable !

– Il n'a rien fait ?

– Heureusement que je l'ai percé. Sans cela il m'aurait empoisonné.

– Ha ! bien...

– Quoi : Ha ! bien ? Mais le pire est à venir, si on le laisse libre. C'est un hors-la-loi. Il faut le saisir et le jeter en prison !

– Comment faire ?

– Va vite prévenir Premier Seigneur. Il connaît le *zhi-xian*[1] ; il suffit d'un mot...

– Bon, c'est tout ? J'y vais alors.

– Attends. Encore autre chose plus grave, plus scandaleux, tout ce qu'il y a de plus infamant !

– Infamant ?

– Tellement dégoûtant que je n'arrive pas à le dire. Pourtant, il faut bien.

– Quoi donc ?

– Il y a quelque chose entre ce sale individu et Dame Ying.

– Quoi donc ?

La question répétée de Fu-chun a le don d'exaspérer Deuxième Seigneur. Elle est bouchée ou quoi ? Une autre, plus fine, aurait deviné tout de suite. Il va falloir

---

1. Préfet.

entrer dans les détails, et reprendre la chose par le commencement.

– Ce charlatan, à l'origine, jouait du violon dans une troupe. Cette année-là, le vieux Seigneur Lu fêtait ses soixante-dix ans. On a fait venir la troupe. Dame Ying avait à peine dix-huit ans. Derrière le paravent, elle a échangé des œillades avec ce malpropre.

– C'est difficile à croire. Dame Ying était une jeune fille de bonne famille.

– C'est vrai que je n'avais pas de preuves. C'est pourquoi je n'ai jamais cherché plus loin. Mais ce soir-là, ce salaud de saltimbanque n'a cessé de lorgner du côté du paravent, c'est la stricte vérité. C'est exactement la cause de la bagarre au cours de laquelle il m'a blessé.

– Puisqu'il n'y a pas de preuves, mieux vaut laisser tomber.

– Maintenant, j'ai des preuves de son adultère.

Cette affirmation fait sursauter Fu-chun, elle qui n'a guère la conscience tranquille.

– Ce charlatan n'a-t-il pas soigné Dame Ying ?

– C'est vrai. C'était nous qui avions demandé qu'il vienne.

– Demandé, demandé. N'oublie pas qu'il venait de la part du Grand Moine, personnage pas fiable non plus.

– Soigner la maladie, ça ne veut pas dire que...

– Toi avec ta naïveté alors ! Quand on est deux si

près, surtout qu'il lui tenait la main et lui tâtait le pouls. C'est comme si on gratte une allumette près d'une bûche prête à flamber. Tout cela pendant plus de deux mois, qu'est-ce qu'on ne peut pas imaginer !

Fu-chun rougit jusqu'aux oreilles. Heureusement que, écumant de rage, Deuxième Seigneur ne la regarde pas.

— Pas facile à croire.

— Toi, toujours incrédule, entêtée comme une mule. C'est énervant. Je vais te dire...

— Je crois, je crois, s'il y a des preuves.

— Je suis paralysé, mais pas aveugle. Sans bouger à longueur de journée, j'ai appris à observer. A force d'observer, je vois tout (de nouveau, Fu-chun sursaute), cela jusqu'au fond des choses. Sais-tu ce que j'ai vu ?

— Quoi donc, répond Fu-chun, inquiète pour elle-même.

— J'ai vu qu'après sa guérison Dame Ying a changé.

— C'est vrai.

— Elle a rajeuni. Elle est redevenue jolie.

— Ce n'est pas faux.

— Une femme triste comme elle, en vieillissant, ne peut que devenir moche. La voilà jolie et coquette, ça ne vous paraît pas bizarre ? Coquette à vous donner envie...

— Qu'est-ce que Deuxième Seigneur veut dire ?

— Ça veut dire ce que ça veut dire... Revenons à

mon sujet. Je n'étais donc pas dupe. Pendant tout un temps, je me faisais transporter au bourg pour observer les sorties de Dame Ying.

– C'était donc pour ça...

– Ne m'interromps pas. Je faisais poser la chaise pas loin du temple. Derrière le rideau, je pouvais tout voir. Et j'ai tout vu. Leur jeu d'œillades et de murmures.

– Pourquoi à ce moment-là, Deuxième Seigneur ne m'a rien dit ?

– C'est après coup, c'est maintenant que j'y vois clair ! A ce moment-là, je ne savais pas d'où venait ce charlatan. Il se faisait passer pour médecin, pour devin. Que Dame Ying le salue en passant, cela semblait normal. Maintenant, j'y vois clair. Sortant du temple, elle faisait toujours un détour pour le saluer, sans rater une seule fois. Et ces mots doux, et ces yeux doux qu'ils échangeaient alors ! On comprend maintenant aussi pourquoi Dame Ying persistait à distribuer ses fichus repas. Faire la charité, tu parles ! Se faire plaisir, oui ! Je l'appelle encore Dame Ying. Mais c'est une salope. Une chiffe souillée. Même vendue à un bordel, on n'en tirerait pas un sou ! Une vraie honte pour la famille Zhao. Nos ancêtres se retourneraient dans leurs tombes ! Il faut absolument la châtier, sinon je ne puis mourir tranquille.

– Qu'est-ce que Deuxième Seigneur souhaite qu'on fasse ?

– Il ne faut pas lui pardonner. Il faut qu'elle paie de sa vie.

– De sa vie ?

– Je n'en ai plus pour longtemps. Tout peut m'arriver vite. Si tu ne la supprimes pas, tu peux t'attendre au pire, crois-moi. Avec son homme qui a roulé sa bosse dans le monde, capable de tout, elle...

– Qu'est-ce que Deuxième Seigneur a en tête ?

Ce que Deuxième Seigneur a en tête ne saurait être raisonnable ; il commence tout simplement à perdre la tête : c'est ce que pense Fu-chun mais elle se garde bien de le dire.

– Mettre de l'arsenic dans son thé ; j'en ai ici dans la boîte. Sa faute est inexpiable, elle doit mourir.

– Je ne peux pas faire ça.

– Tu dois le faire !

– Je ne le peux pas, même si on me mettait la corde au cou !

Deuxième Seigneur comprend qu'il est inutile d'insister. Dans l'immédiat, il est bien plus urgent de rattraper Dao-sheng.

– Ne parlons plus de ça, dit-il. Va vite prévenir Premier Seigneur. Ce faux taoïste est un évadé, un hors-la-loi. Le laisser circuler, tromper les gens est un danger public. Il faut absolument que ce malfaiteur soit puni, sinon je ne peux pas mourir tranquille. Vas-y !

Complètement épuisé, il s'affaisse sur son oreiller.

Ne pas pouvoir mourir tranquille. Deuxième Seigneur a-t-il peur de mourir ? C'est une question à laquelle il n'a plus vraiment la force de réfléchir. Rongé par de terribles maux depuis des mois, il aspire peut-être inconsciemment au repos. S'il revoit sa vie, il y a certainement des éléments aussi qui plaident en faveur de cette aspiration : des années glorieuses vouées à la débauche, suivies d'une vie de dépendance qui accumule douleurs supportées, colères rentrées, impuissance mal assumée, désirs à jamais frustrés. Pire que la mort est l'obsession qui le terrasse à cette ultime passe de sa vie, l'obsession de la tranquille jouissance des amants coupables quand il ne sera plus là...

– Jiao-ma, tu vas chercher Dame Ying. J'ai à lui parler.

Entre le départ de Jiao-ma et l'arrivée de Dame Ying s'écoule un laps de temps court, mais qui paraît une éternité à celui qui attend. Un laps de temps, en tout cas, où l'éternité d'un destin se décide.

Un cognement à la porte, et la voix discrète de Dame Ying : « C'est moi. » La silhouette féminine se campe au milieu de la pièce.

– Deuxième Seigneur m'a fait appeler. Me voici. Comment va la santé de Deuxième Seigneur ?

Après une longue toux, l'homme racle sa gorge et réussit à sortir un son rauque.

231

— Pas fort. « Flamme de bougie en plein air ; un coup de vent peut l'éteindre. »

— Que Deuxième Seigneur ne se fasse pas trop de mauvais sang. Il faut se soigner et faire confiance.

— Approche-toi, j'ai à te parler.

Dame Ying reste sur ses gardes, craignant de la part de l'homme quelque nouvelle lubie. La vue de l'extrême faiblesse du malade néanmoins la rassure.

Deuxième Seigneur ajoute :

— N'aie crainte. Approche-toi plus près. Je ne peux plus parler fort, mais j'ai une chose très importante à te dire. Ce seront les dernières paroles que tu entendras de moi.

Émue par ces mots au ton sincère, elle se penche sur le malade.

— Je vais m'en aller. Je veux t'emmener avec moi.

Sitôt dit, sitôt fait. Les mains tremblantes de Deuxième Seigneur se raidissent d'un coup, comme se raidit d'un coup son cœur ; la ceinture en tissu qu'il tient à la main entoure lestement le cou de Dame Ying. L'ancien tyran retrouve sa force ; il serre, il serre, tout en ayant encore la force de cracher : « Avec ton puant de taoïste ! » Il sent la femme se débattre et, après un « ah ! » sec, s'affaler, inerte, sur le sol.

Lui-même, les prunelles exorbitées aussi, se rejette en arrière. Après de brefs spasmes et convulsions, la mort plante en lui son coup de poignard.

Dame Fu-chun est restée un bon moment chez Premier Seigneur avec qui elle a discuté sur la suite à donner aux volontés de Deuxième Seigneur. On ne voit pas comment, dans l'état actuel des choses, sans preuves tangibles, il serait possible de punir Dame Ying. La chose se fera en temps voulu, si l'évidence s'impose. En revanche, le principe d'une action contre Dao-sheng est décidé, contre ce banni qui a osé revenir. Premier Seigneur promet d'aller voir dès que possible le préfet, non sans préciser que le temps n'est plus où la famille Zhao pouvait faire la loi. Au retour, la concubine traîne les pieds, peu disposée à affronter trop vite son maître, qu'elle sait au comble de l'impatience. L'histoire entre Dame Ying et Dao-sheng, dont l'audace décidément l'ébahit, lui donne à réfléchir. Son histoire à elle, si elle est découverte, ne lui vaudra-t-elle pas aussi la mort ignominieuse ? Rien qu'à y penser, elle en a le frisson.

Entrant dans la chambre de Deuxième Seigneur, sa crainte fait place à la stupeur. Ce dernier, immobile, sur son lit ; immobile aussi, au pied du lit, Dame Ying. A la vue de la ceinture, elle comprend tout de suite. Inconsciemment, elle y est préparée, puisqu'elle se surprend à dire : « C'est fatal ; ça devait se passer ainsi ! » Elle ramasse la ceinture, ferme la bouche et les yeux de Deuxième Seigneur, puis ceux de Lan-ying, sans

233

oublier d'arranger en hâte le col de celle-ci. Elle fait venir Jiao-ma, lui demande sans ambages de l'aider à hisser le corps de Dame Ying sur le lit et à le déposer à côté de Seigneur Zhao. Devant Jiao-ma abasourdie, elle ne daigne pas donner trop d'explications, comme s'il était entendu que l'épouse légitime est morte sous le choc en constatant le décès de son mari.

C'est cette même version qu'elle fournit à Xiao-fang. Celle-ci est venue à son appel car, finalement, pour la décence, elle décide que le corps de Dame Ying doit réintégrer son lieu de vie habituel. A six bras, les trois femmes transportent la défunte jusqu'à son lit.

Le ciel s'effondre sur la tête de Xiao-fang qui veille maintenant seule sur sa maîtresse.

21

« La Mort entraîne la mort, mais la Vie engendre la vie », les sages anciens l'ont dit avec une confondante simplicité. Ce que les morts laissent aux vivants – si ces morts ont été, non des semeurs de mort, mais de vrais vivants –, c'est certes un chagrin inconsolable, mais aussi un surcroît de devoir de vivre, d'accomplir la part de vie dont les morts ont dû apparemment se séparer, mais qui reste intacte. C'est la manière pour les vivants de remettre les morts dans la Voie de la Vie ; c'est la manière pour eux de ne pas succomber à la mort.

Ces considérations, bien entendu, n'ont pas effleuré l'esprit de Xiao-fang. Du fond de l'abîme, cependant, elle a un sursaut. « Non, la vie de Dame Ying ne peut pas s'arrêter là, s'écrie-t-elle. Ses chiffres ne sont pas terminés ; il faut qu'elle vive ! » Proférer ces paroles, c'est sa manière à elle, robuste servante, de remettre sa maîtresse donnée pour morte dans la Voie de la Vie. Passant outre à la consigne de discrétion imposée par

Dame Fu-chun, elle se précipite dehors, à la recherche de Lao Sun, lequel, à son tour, est chargé de partir à la recherche de Dao-sheng.

Celui-ci n'est pas devant son éventaire, ni au monastère taoïste. Lao Sun, désemparé, se rend à la maison de thé. Les serveuses lui suggèrent d'aller chez le boucher. Dao-sheng n'y est pas non plus. Finalement, d'une adresse l'autre, le fidèle serviteur le trouve chez le lettré. Il le fait sortir et lui annonce la terrible nouvelle. Empêtré dans ses mots, il tente un récit rapide d'où il ressort que Dame Ying est morte dans la chambre de Deuxième Seigneur qui est mort lui aussi, qu'elle repose maintenant dans sa propre chambre, qu'elle ne porte aucune blessure, etc. Dao-sheng devine tout. Il dit simplement : « Pas de temps à perdre ! » et se met à courir. Courant derrière lui, Lao Sun se répète en lui-même : « Qu'est-ce qu'il va faire ? Qu'est-ce qu'il peut faire ? » Dao-sheng, lui, le malheureux, se répète : « Je l'ai tuée, je l'ai tuée, c'est ma faute ! » Son remords est si immense qu'aucun acte, pense-t-il, y compris sa propre mort, ne pourrait le racheter. Il s'était réfugié chez le lettré, parce qu'il savait que Deuxième Seigneur ne le lâcherait pas, mais il n'aurait jamais imaginé que l'altercation avec celui-ci eût pu avoir des conséquences funestes pour Lan-ying, convaincu que leur relation intime était ignorée de tous.

Précédé de Lao Sun, il entre droit dans la chambre

de Lan-ying. A côté du lit est assise Xiao-fang qui sanglote doucement. Pas de mots inutiles, il lui demande d'autorité de sortir de la chambre en même temps que Lao Sun, non sans leur recommander de bien fermer la porte et de ne laisser entrer personne. Il marche vers le lit, ouvre grand le rideau de gaze. Lan-ying est étendue sous ses yeux, habillée de sa robe bleu clair, les mains croisées sur sa poitrine. Son visage fermé est étonnamment serein, muette figure d'ivoire ou de jade. L'espace d'un éclair, l'intense émotion qui l'étreint le fait trembler. Il se ressaisit. Il soulève les bras de la gisante, les pose de côté ; ceux-ci, à ce qu'il constate, n'ont pas raidi. Il se redresse, jette un nouveau regard sur tout le corps, ramasse toute sa capacité de concentration en vue d'affronter la plus grande épreuve de sa vie. S'il n'en sort pas vainqueur, il ne survivra pas, il le sait. Est-ce pour se donner du courage ou simplement pour affirmer sa confiance ? Le front tendu à craquer, les yeux dardant une singulière lueur, il crie à voix étouffée : « Lan-ying, nous voici. Tu ne mourras pas ! »

Il s'agenouille, défait la ceinture qui enserre le corps, et se met à le masser, de manière ferme et régulière. Il commence par les pieds, par la plante et la cheville de chacun. Suivant les méridiens internes, il remonte le corps jusqu'au cou, s'attardant maintenant dans la région du cou, sur la nuque et le sommet de la colonne vertébrale. Aussitôt après, il masse la poitrine, effectue le va-et-vient entre le cœur et les poumons. Cette série d'enchaînements finie, il reprend le massage en sens inverse, c'est-à-dire qu'il commence cette fois-ci par le cou et, suivant les méridiens internes, descend le corps jusqu'aux pieds, et, aussitôt après, il revient vers la poitrine, effectue le va-et-vient entre le cœur et les poumons. Cette série d'enchaînements finie, il recommence le massage comme la première fois, des pieds jusqu'au cou ; puis, comme la seconde fois, en sens inverse, du cou jusqu'aux pieds. Ainsi de suite. Malgré sa tension, il fait patiemment ce qu'il y a à faire. Depuis combien de temps ? Il ne se le demande pas. Il est en train d'appliquer la technique du massage fondée sur le magnétisme de la main, telle que le lui avait enseigné le Grand Maître. Il scande des formules magiques afin d'entrer dans la Grande Rythmique. Il tente de raviver la circulation du sang et du souffle, en lui-même et dans le corps de l'autre ; son ultime but – qui peut en douter ? – est de ramener l'autre dans le cercle de la vie terrestre. Il est seul au monde, luttant pied à pied contre l'immense ombre, celle de la mort, qui le dépasse. Sa figure est noble et pathétique. A part son expérience de médecin, il ne lui reste, pauvre homme qu'il est, que son humilité et sa sincérité. Avec cette humilité et cette sincérité, parviendra-t-il à toucher le *shen* ? A lancer un fil ténu dans l'immense espace pour rattraper une oie sauvage égarée ?

Sentant le moment mûr, il cesse la scansion. Il commence à respirer profondément, jusqu'au tréfonds, jusqu'au *dan-tian*[1]. Une autre scansion prend alors la suite, sifflement lourd ponctuant cette respiration même, pratiquée depuis des millénaires par les taoïstes, par laquelle il s'apprête à entreprendre l'acte décisif.

En cet instant, il est seul – si le Seigneur du Ciel existe, ils seraient deux – à percevoir le signe d'une vie qui revient sur terre. En bout de branche de l'arbre gelé, un bourgeon, une idée de bourgeon ? Un fugace remuement des lèvres exsangues que le troisième œil croit repérer ? Il entrouvre les lèvres de Lan-ying, y applique sa bouche, sans trop les presser. Avec résolution, il entreprend l'acte de la respiration, insufflant de l'air profondément dans la gorge de la femme, de manière, comme pour le massage, aussi régulière que possible. Cet acte-là, maintes fois il l'a accompli dans sa vie. Il a sauvé des noyés, des victimes d'arrêts du cœur, des enfants qui s'étaient étranglés par accident, des vieillards étouffés par la nourriture. Cette fois-ci, ce qu'il affronte est autrement plus grave. Son intervention vient tardivement, et l'être à sauver est la part la plus précieuse de sa propre vie. Il est prêt à dépenser jusqu'à la dernière goutte le souffle vital qu'il a accumulé en lui, quitte à en mourir. De fait, au bout d'un temps qui lui paraît interminable, il sent qu'il

---

1. Champ de cinabre.

approche le point d'épuisement. Il se refuse cependant à perdre contenance. Du fond du cœur, il ne souhaite pas survivre à la femme de sa vie.

Sous sa bouche, un frémissement des lèvres, un vrai. L'oie sauvage égarée s'est-elle donc retournée ? Encore quelques frémissements, et le printemps s'installera pour de bon. Et la source souterraine émergera du sol figé ; et la brise effleurera toute l'aire en veine de fleurir. Lan-ying ouvre les yeux, voit Dao-sheng ; un pâle sourire s'esquisse sur sa joue droite. Aussitôt cependant, les yeux se referment ; avec eux se referme le visage. L'homme, bouleversé, se penche pour écouter. Sa frayeur sera de courte durée. Le souffle de vie, aussi ténu soit-il, continue à pousser son imperceptible sillon. Davantage perceptible, la poitrine qui bat le rythme interne. Dao-sheng se détache, ferme doucement la robe bleu clair, décidé à laisser agir le non-agir. A ce moment seulement de chaudes larmes lui viennent à flots. Prostré au pied du lit, il est longuement secoué par des sanglots saccadés.

Maintenant il se lève. Debout, il contemple le corps de Lan-ying qui tend vers l'équilibre de la respiration, entièrement à soi, entièrement livré. Un silence qui vient de loin plane au-dessus d'eux, solennelle présence. Résonne alors à ses oreilles la phrase du Grand Moine, racontant la nuit de lune où il a ramené Lan-ying après l'avoir sortie des mains des bandits : « Entre ciel et terre, un humain est revenu à la vie. » C'est cela, du plus loin de la terre et du ciel, Lan-ying est revenue, à nouveau, de ce côté de la vie. Dao-sheng est soudain saisi par la lumière sacrée qui inonde toute la pièce. Ah ! cette chère chambre qu'il va quitter tout à l'heure, sans doute pour la dernière fois, n'est-ce pas le seul endroit où l'extraordinaire a pu avoir lieu ? Au sortir de cette chambre, désormais vers quel ailleurs aller ? Une foule de pensées se précipitent dans sa tête dont il ne cherche pas à se détacher. Il voudrait que la scène unique se prolonge indéfiniment.

« Être de ce côté de la vie, est-ce une banale chose ? Le jour est là ; le monde est là. Dans cette chambre, il y a elle, il y a moi, il y a ce qui se passe entre nous. Il y a autour de nous meubles et paravent ; la coupe à encens emplie de cendres sur la table, et sur le guéridon la broderie inachevée. Il y a du dehors ces parfums de glycines qui viennent par bouffées, ces oiseaux qui envoient l'écho de leurs gazouillis, ou de leurs coups d'ailes... Le jour est là ; le monde est là. Tout est banal, apparemment indifférent. Tout arrive pourtant, miraculeux. Ce qui a été vécu ne s'oubliera pas. Ce qui se vit ne s'oubliera pas. Ce doit être ça, l'éternité. Lan-ying est là, tout est à nouveau possible. Pourra-t-on pour autant faire ce qu'on voudrait faire ? Après l'extraordinaire, après le miraculeux, peut-on encore revenir au quotidien, au banal ? » Il caresse

241

tendrement les mains de la femme endormie, puis son visage.

Il s'arrache de son état onirique, va à la porte, l'ouvre, invite Xiao-fang et Lao Sun à entrer. A son geste, signifiant qu'il ne faut pas faire de bruit, les deux serviteurs comprennent que leur maîtresse est sauvée. Sur leur visage glisse une furtive incrédulité mêlée de peur sacrée. Déjà, ils sont au milieu de la chambre. A la vue de Dame Ying vivante, tous deux tombent à genoux. Tandis que Xiao-fang scande *A-mi tuo-fo, a-mi tuo-fo* [1], Lao Sun se tourne vers Dao-sheng et cogne son front contre le plancher, comme on le fait devant une divinité.

─────────

1. Bouddha a pitié.

22

Ramenée à la vie, Lan-ying demeure couchée, puis cloîtrée dans sa chambre. Dehors, les funérailles de Deuxième Seigneur ont duré plusieurs jours, après quoi on entre dans la période de deuil. Premier Seigneur s'est abstenu d'aller dénoncer Dao-sheng au *yamen*. Il sait tous les ennuis que cela entraînerait. Le médecin itinérant a sauvé la vie de Dame Ying, épargnant la famille de l'accusation du crime. Il y a tout lieu de s'en féliciter. Quant à l'histoire de son bannissement, aucun dossier ne doit plus exister, et Premier Seigneur, connaissant son frère, ne doute pas qu'il s'agit à l'origine d'une condamnation injuste. Cela dit, il n'est plus question que l'individu perturbant puisse franchir le seuil du domaine des Zhao.

Lan-ying et Dao-sheng ne peuvent communiquer que par l'intermédiaire de Xiao-fang. De manière assez espacée dans le temps, le deuil et la surveillance des autres imposant l'absolue discrétion. La première fois, la servante vient demander des calmants pour apaiser les troubles que continue à ressentir le corps boule-versé. Les fois suivantes, elle n'est toujours pas en mesure de rassurer l'homme qui attend, vu que la convalescente reste dans un état fragile. C'est un mois après que Xiao-fang commence à faire part des signes d'amélioration. Par des mots pudiques, elle transmet toute la pensée de sa maîtresse. D'autres mots, plus incertains, font sentir le double besoin chez cette dernière de se reposer beaucoup et de réfléchir.

Vers la fin du neuvième mois, Xiao-fang monte directement les marches du temple et reste à l'intérieur un bon bout de temps. A sa sortie, elle vient dire à Dao-sheng que Dame Ying demande au Grand Moine d'intervenir auprès du couvent des nonnes du Val Guan-yin en faveur d'elles deux, qui souhaitent y être accueillies. Apprenant cette décision, Dao-sheng se sent soulagé. Il y voit une bonne solution pour l'immé-diat ; il n'en voit pas d'autre. C'est pour Lan-ying une manière probante, irréfutable même, de se séparer enfin de la famille Zhao. Quel est son projet pour plus tard ? En a-t-elle un ? Il l'ignore. Non sans angoisse, il attend la prochaine visite de la messagère. Entre-temps, le Grand Moine a réglé le problème du séjour des deux femmes au couvent. Sa joie est si grande qu'il la laisse transparaître lors des prières collectives, pro-clamant à haute voix sa gratitude au Bouddha.

Un jour, Xiao-fang arrive impromptu à l'éventaire. Le message qu'elle apporte est tout chargé d'émotion, pourtant il est bref : « Dao-sheng, écoutez-moi. Dame Ying veut que je vous dise que très bientôt elle va vivre au couvent. Pour combien de temps ? Elle ne le sait pas. Tout dépendra de ce qu'elle doit faire après ; là non plus, elle ne le sait pas encore. Il ne faut pas la presser de décider. Elle vous fera signe un jour, quand elle le saura. Elle vous demande si vous ne pouvez pas, dans quelque temps, remonter à la montagne pour l'attendre. Si vous y allez, n'oubliez pas d'emmener Gan-er avec vous. » Pour toute réponse, Dao-sheng hoche la tête, signifiant qu'il patientera tout le temps qu'il faudra.

Le départ de Dame Ying pour le couvent est accepté par la famille Zhao, et en premier Dame Fu-chun, comme une aubaine. De même, on ne voit pas d'inconvénient à ce que Gan-er soit placé comme bonze au temple, puisque pour l'heure c'est son souhait. Il fera ce qu'il voudra après. Si l'on envisage la chose cyniquement, on peut dire que pour cette famille sans grandeur, c'est un bon débarras de plus. Pour l'homme et la femme engagés dans leur passion, au contraire, tout prend une signification nouvelle. Le jour du départ est un saisissant résumé de ce qui s'est déroulé tant de fois depuis près de trois ans. Dans la chaise portée par Lao Sun et un des gardiens, Lan-ying et Xiao-fang arrivent devant le temple, suivies de

Gan-er. Elles y entrent pour brûler de l'encens et exprimer leur reconnaissance au Grand Moine. A sa sortie, Lan-ying se dirige vers l'éventaire, sans doute pour la dernière fois. Ils sont seuls à ce moment. Dao-sheng se laisse envahir par sa présence, tout à la fois retenue et livrée, réelle et lointaine, frémissante tel un tremble dans le vent d'automne, pâle à lui arracher des larmes. Parler en un lieu public reste difficile, mais dire adieu à son médecin est légitime. En cet instant unique, Lan-ying ne s'embarrasse pas de scrupules inutiles.

— Je vais vivre un certain temps au couvent du Val Guan-yin. Durant ce temps, je ne verrai personne.

— Je ne vais pas trop tarder à remonter à la montagne. J'y attendrai.

— Oui, attendre. A la fête de la Lune nous avons juré d'être ensemble, en cette vie et même dans l'autre ; nous nous reverrons. Quand donc ? Je ne le sais pas. Il faut de la patience. Pour le moment rien n'est possible. Le Ciel disposera des choses en temps voulu.

Dao-sheng a un serrement au cœur, il murmure :
— Oui.

— Il faut de la patience. En temps voulu, vous aurez un signe de moi. Avant cela, il ne faut rien faire.

— Oui. Prenez mille soins de vous.

Les yeux de Lan-ying rougissent. Elle se tient coite un moment et, surmontant son émotion, dit :

— Dao-sheng, je m'en vais maintenant. Soleil levant,

246

soleil couchant, lune cachée, lune présente, nous ne nous oublierons pas un seul instant, restons à chaque instant ensemble !

– Nous ne nous oublierons pas, restons toujours ensemble, Lan-ying...

Dao-sheng veut ajouter quelque chose ; sa voix s'étrangle. A travers la brume qui voile ses yeux, il voit la femme se retourner, s'éloigner, le dos légèrement courbé. A un moment, elle s'appuie sur Xiao-fang, avant d'atteindre la chaise. Devant la chaise, elle se retourne, jette un regard en direction de l'homme cloué sur place, et disparaît en même temps que Xiao-fang derrière le rideau. Disparaît, à son tour, la chaise elle-même dans la foule, tant les gestes des porteurs sont alertes.

Assis à sa table, Dao-sheng sombre dans un chagrin ignoré auparavant. Chagrin et désespoir, il les connaît pourtant mieux que personne. Orphelin trimbalé par une troupe itinérante, homme banni condamné aux travaux forcés. Cependant, quelle que fût la dureté de la situation, il a toujours fait front grâce à son invincible vitalité. Dans le cas présent, ce qui menace de l'abattre n'est pas une force extérieure. C'est son cœur, en sa chair même, qui est broyé par une douleur sans nom. L'exaltante réalité vécue depuis trois ans apparaît soudain comme une chimère, prête à s'effacer, ainsi qu'un bouquet de nuages. Le bonheur qu'il croyait durable, celui de voir tous les jours à heure fixe l'être aimé, en un clin d'œil n'est plus. Entre ciel et terre, plus rien que l'absence. Demain, il ne verra pas Lan-ying, ni après-demain. Ni les longs jours qui vont suivre. On se verra forcément, a-t-elle dit. Quand donc ? En cette vie ? En une autre ? Figé par le chagrin, Dao-sheng reste longtemps sur place. Pendant que son cœur se met à saigner, deux rangées de larmes sinuent le long de ses rides. Il ne les essuie pas. Le regard étonné des gens qui passent le laisse totalement indif-férent. Il se félicite que personne ne songe à lui deman-der une divination.

Il faut de la patience. Il faut attendre. Mais le cou-rage de vivre s'est vidé d'un coup. A-t-il encore la force de se lever ? De faire quelque chose ? De voir quelqu'un ? S'il confie son drame à une connaissance, est-ce que cela le soulagerait ? A qui alors ? Au Grand Moine ? Aux moines taoïstes du monastère ? Au let-tré ? Au boucher ? A tous ses compagnons de beuve-rie ? Comment ouvrir la bouche ? Comment faire comprendre ce qui s'est passé ? Tous ne vont-ils pas réagir comme Deuxième Seigneur, c'est-à-dire le trai-ter de coureur de bas étage qui corrompt une femme mariée ? Savent-ils qu'il y a autre chose dans ce monde ? Qu'il y a autre chose dans la passion ? Qu'il y a un mystérieux nœud qui ne peut être dénoué selon la loi commune ?

Il faut probablement s'adresser à quelqu'un qui n'est pas d'ici. A quelqu'un qui est en dehors de tout, capable cependant de comprendre. L'étrange étranger est-il encore là ? « Lui m'a dit des choses que j'ai du mal à saisir, auxquelles j'ai du mal à croire. Mais certains de ses propos m'ont paru sensés ; ils m'ont même touché à vif. » A l'idée de revoir cet autre, l'homme en plein désarroi retrouve le courage de se lever, de suivre le chemin qui le mène jusqu'au *ya-men*, ce lieu maudit qui fut le point de départ de ses anciens malheurs. Ce lieu est-il changé en un espace plus favorable, maintenant qu'il abrite un « hôte distingué ? »

A la résidence d'accueil, il y a du monde dans l'antichambre. Il est dit que les deux religieux étrangers vont partir très prochainement pour la capitale ; personne ne veut rater l'occasion de les voir et de leur parler. Dao-sheng s'installe alors dans l'attente, sans impatience aucune. Être assis là, parmi tant d'autres, le distrait de sa solitude. Il observe les gens, se demande ce qui les attire ici. A écouter les quelques personnages en tenue de lettré, qui conversent dans un langage plus que châtié, il comprend leur présence en ce lieu. Ces disciples de Confucius – le maître qui avait exhorté l'homme à s'éduquer et à se perfectionner sans cesse – veulent sans doute en savoir plus sur ce fils du seigneur du Ciel que l'étranger présente comme ayant été un homme parfait. Certains d'entre eux vont se montrer incrédules, d'autres vont s'intéresser, d'autres encore ricaneront ou s'indigneront. C'est normal. Chacun butine ce qu'il cherche ; chacun entend ce qui lui chante. Et ces petites gens alors, assis tout près de lui, pourquoi sont-ils là ? Il saisit par bribes des phrases venant d'eux : « Paraît qu'ils ont des objets magiques », « Faut que je touche leurs cheveux et leur barbe ; c'est pas naturel leur couleur », « Il y aura bientôt des calamités. Eux, ils parlent d'un sauveur »... Entre-temps, l'un des religieux est venu chercher le groupe de lettrés pour les introduire dans le salon. Dao-sheng comprend que c'est son ancien patient qui reçoit ; c'est lui qui sait bien parler le chinois, et surtout c'est lui qui sait bien parler tout court.

Au bout d'une assez longue attente, voilà, raccompagnant les visiteurs, l'étranger en personne, svelte et droit dans son habit de lettré. Dao-sheng se rend compte qu'il le voit debout pour la première fois. Près de la porte, après un dernier geste de salutation, l'autre se retourne, regarde la petite salle et rencontre le regard de son ancien médecin. Un léger sourire se répand sur son visage, suivi d'une citation de Confucius qu'il prononce avec entrain : « Quand un ami vient de loin... » Il vient vers lui. Les gens autour, édifiés par cette reconnaissance, acceptent volontiers que Dao-sheng soit reçu avant eux.

– Comme je suis heureux de vous revoir ! Toute ma gratitude encore de m'avoir guéri du paludisme.

– Je ne vous ai pas oublié non plus. Certaines de vos paroles me sont restées.

– C'est vrai ?

– Vous parliez de l'amour. Vous avez dit que celui qui aime vraiment peut dire à la personne aimée : « Tu ne mourras pas. »

– Je me souviens de l'avoir dit.

– Eh bien, je l'ai dite une fois, cette parole. Et j'ai ramené à la vie la personne aimée qui était donnée pour morte.

– C'est vrai ? J'y vois la gloire du Seigneur.

– Vous dites ?

– J'ai dit : c'est grâce à la gloire du Seigneur. Car tout ce qui est grand et merveilleux vient de Lui.

– C'est grâce à lui ?... Il me semble que j'ai réussi la chose grâce au Souffle primordial...

Un instant d'hésitation et l'étranger répond :

– Il n'y a pas là forcément contradiction. Mais cela demande un long développement. J'espère sincèrement que l'occasion nous sera donnée d'y revenir. Car je dois incessamment partir pour la capitale. On doit se séparer momentanément.

– Ah ! se séparer momentanément. Vous touchez là un point douloureux. Je suis justement séparé de la personne aimée. Quelle souffrance !

– Les êtres qui s'aiment vraiment sont toujours ensemble, voire plus intimement ensemble, quelles que soient la distance et la durée qui les séparent.

– Vous parlez vraiment bien, mais en êtes-vous sûr ? Vous avez donc aussi aimé quelqu'un ?

– Comme tout le monde, j'ai aimé quelqu'un. Par exemple, mes parents, mes frères et sœurs...

– Je ne parle pas de la famille ; c'est normal d'aimer ses parents. Il s'agit d'aimer une femme, aimer à la folie.

– Je n'ai pas aimé une femme en particulier. Mais j'aime les êtres humains en général.

– Croyez-vous qu'on sait aimer les êtres humains en général, sans avoir aimé un être particulier avec passion ?

– Vous parlez de passion. J'allais vous dire justement que j'aime quelqu'un avec passion, et à la folie, comme vous dites.

– Qui donc ?

– Le Fils du Seigneur.

– Ah ! encore lui, j'oubliais. Mais il n'est plus là. D'ailleurs l'avez-vous connu en personne ?

– Je le connais comme quelqu'un de plus intime que moi-même. L'ayant connu, je ne l'oublie plus. Il n'est plus là, et Il est là, plus présent que jamais. Car Il nous aime ; si nous l'aimons, nous sommes toujours ensemble, comme je l'ai dit tout à l'heure.

– Vous l'avez dit en effet, cela me plaît de le réentendre. Mais vraiment, vraiment, êtes-vous sûr de ce que vous dites ?

– Bien sûr que oui. Sinon aurais-je tout quitté,

m'arrachant à ma terre et à des êtres chers, pour venir vivre ici, et sans doute mourir un jour ici ? Les êtres qui s'aiment vraiment ne sont limités ni par l'espace ni par le temps. Ils sont liés par l'âme, un lien bien plus intime, plus inséparable que celui du corps.

– Pas limité par le temps. Il y aura tout de même une fin, non ?

– Non, il n'y aura pas de fin. Ensemble en cette vie, ensemble après la mort.

– Vous y croyez ?

– Bien sûr que oui. Vous vous rappelez la phrase « Tu ne mourras pas » que vous avez mentionnée tout à l'heure. Vous n'oubliez pas non plus, n'est-ce pas, l'expression chinoise « plus durable que Ciel et Terre » que nous avons évoquée la dernière fois ?

– Tout cela, je ne l'oublie pas. Si je reviens à la charge, c'est quand même pour savoir où est la garantie.

– La garantie vient de ce que le Seigneur du Ciel est amour, et Il est la vie éternelle.

– S'il est la vie éternelle, pourquoi a-t-il créé la mort ?

– Cette question, vous l'avez posée la dernière fois. Pour y répondre, cela demande un long détour – quand la rencontre se fait entre gens qui viennent d'aussi loin, il faut beaucoup de temps pour se comprendre, on y arrivera, plus tard. Pour faire court, je dis simplement : c'est parce que nous sommes tous pécheurs.

– Nous sommes tous pécheurs, et nous devons mourir. C'est inouï.

Dao-sheng reste interdit un moment, puis il poursuit :

– Dans ce cas, aimer est-il un péché ?

– Comment aimer peut-il être un péché, c'est le divin même. Mais il y a des amours qui sont des péchés.

– Ah bon ! Lesquels ?

– Par exemple, quand on aime une femme mariée.

– Ah... Mais si l'amour n'existe pas entre mari et femme, si le mariage est arrangé ?

L'homme qui a réponse à tout ne répond pas tout de suite. Il réfléchit un instant, et comme se parlant à lui-même :

– C'est vrai que l'un de nos saints a dit : « Aime et fais ce que tu veux. »

Cette parole prononcée, les deux entrent doucement dans le silence. Beaucoup de choses demeurent encore incompréhensibles ou incommunicables entre eux. Mais quand ils se regardent, une immense sympathie s'installe, dans l'espace du Vide médian.

– Merci, dit Dao-sheng au moment de prendre congé. C'est une chance pour moi de rencontrer une personne comme vous, la première personne qui vient de l'Océan de l'Ouest, n'est-ce pas ? Je suis aussi un homme sans foyer. Je vis comme vous de l'amour, un amour sans doute plus restreint, sûrement pas moins intense.

– Merci pour tout, Dao-sheng. Vous êtes un homme de cœur, toujours en quête. En réalité, vous avez compris beaucoup ; à votre manière, vous avez même trouvé. Vos questions sont très intéressantes ; elles m'ont forcé à réfléchir. C'est une chance pour moi aussi de vous avoir rencontré. Cela vaut la peine d'être venu en cet empire du Milieu. Nos chemins se recroiseront-ils ? Peu importe. Car nous sommes déjà amis ; nous ne nous oublierons plus.

– En cette vie, et après la mort ?

– Puisque nous partons ensemble pour l'éternité !

Les deux se sourient de connivence. L'étranger entoure son visiteur de ses bras et lui donne une accolade, tout en sachant que ce geste est choquant pour les Chinois, lesquels, par pudeur, se saluent sans se toucher les mains, chacun se contentant de joindre les siennes propres.

23

L'automne est passé, l'hiver est passé, on est au milieu du printemps. Près de six mois après le départ de Lan-ying pour le couvent, Dao-sheng habite toujours le bourg. L'indicible chagrin ne le quitte pas, déchiré qu'il est entre deux sentiments contraires. Rester dans cet environnement familier, si intensément vécu depuis trois ans, rend l'absence de Lan-ying d'autant plus criante. Tous les éléments du lieu, constamment, font penser à elle : les pauvres hères qui s'assemblent maintenant dans d'autres coins du bourg, avec leurs plaintes et leurs rires ; les fidèles qui gravissent et redescendent les marches du temple ; ces chaises à porteurs, plus colorées les unes que les autres, posées devant les maisons de thé ; le discret soleil couchant qui, effleurant la place, semble annoncer une apparition... Mais d'un autre côté, durant des mois, il ne s'imaginait pas encore capable d'aller affronter la montagne en pleine saison froide. Au bourg, il se sentait davantage dans la proximité de Lan-ying, s'attendant inconsciemment à quelque surprise inespérée. Par ailleurs, il ne pouvait ni ne voulait abandonner trop brutalement ses malades, ses clients et quelques personnes qu'il fréquentait encore, notamment le boucher et le lettré.

Le plus inattendu est la main secourable que lui a tendue – comment aurait-il pu le prédire avant ? – Lao Sun. Ce serviteur, trop fidèle à ses maîtres, du fait même de cette fidélité, a réussi son projet : racheter Shun-zi. Par ses seules économies ? Bien sûr que non, même si la somme qu'il avait réunie, sou par sou durant plus de quinze ans, était loin d'être négligeable. Son projet ne se serait pas réalisé de sitôt sans l'apport providentiel de Lan-ying. Celle-ci, mise au courant peu avant de quitter la famille Zhao, lui a donné ses bijoux les plus précieux. Voilà une boucle du destin bien bouclée ! Le bienfait prodigué par Lan-ying sur Lao Sun a rejailli très à propos sur Dao-sheng. L'ancien paysan lent et taciturne était-il en mesure de deviner la détresse de celui qui avait arraché sa maîtresse à la mort ? Toujours est-il qu'il vouait une gratitude sans bornes au médecin itinérant, au sauveur de Dame Ying, prenant mille soins de lui, l'invitant dans le petit logis que lui et sa toute nouvelle épouse avaient loué en bordure du bourg.

Shun-zi, qui avait affirmé qu'elle « n'aurait pas assez de trois vies pour servir et rendre heureux celui qui la sortirait de l'enfer », n'avait pas failli à sa parole. Elle a créé, avec des riens, un cadre de vie où respire le bonheur simple du foyer. Touchée par la bonté de Lao Sun et par le miracle de son propre destin, elle s'est frayé une voie au travers de toutes les anciennes blessures subies, et a retrouvé la fraîcheur d'âme de jeune fille qu'elle avait gardée – miracle là aussi – quasi intacte. Elle s'est révélée excellente cuisinière. Avec des légumes, des pâtes de soja, quelques ingrédients du terroir, un peu de lard, elle sait mijoter dans une marmite un de ces plats d'une rare succulence. Le goûtant, Dao-sheng éprouve une telle nostalgie que parfois ses entrailles se nouent. Il pense douloureusement à la louche de légumes que Lan-ying lui servait quotidiennement et qui dégageait la même saveur. Pour un peu, se rappelant la loi bouddhique de cause à effet, il est prêt à croire que Lan-ying a contribué à racheter Shun-zi pour cette raison aussi, celle d'assurer une période de transition, afin de lui épargner un trop brusque sentiment de délaissement.

Période de transition en effet. Lao Sun a travaillé un temps comme porteur de chaise du côté du chef-lieu. Assez vite, il a été engagé par une grande famille d'une autre ville, tant les domestiques honnêtes et expérimentés étaient recherchés en cette période de troubles. La mort dans l'âme, le couple a dû « abandonner » l'homme seul qu'il avait, du fond du cœur, adopté.

De nouveau, la solitude s'abat sur Dao-sheng. Hormis le Grand Moine et Gan-er, il ne voit plus personne avec qui évoquer Lan-ying. Il sait que le temps de quitter le bourg est venu. Gan-er, bien intégré à la vie du temple, n'hésite pourtant pas à le suivre. Aux yeux du jeune homme qui entre dans sa dix-huitième année, Dame Ying est sa mère, et Dao-sheng son père. Le Grand Moine se montre une fois de plus d'une étonnante compréhension. Il est entendu qu'auprès de Dao-sheng Gan-er s'initiera à la médecine et à la divination. Quant à savoir ce qu'il fera plus tard, le destin en décidera.

La fête de *Qing-ming*[1] passée, maître et disciple entreprennent l'ascension de la montagne. Au monastère, toujours vivants, les sept moines. L'un d'entre eux, trop âgé, ne fait plus rien. Deux autres, souffrant de rhumatismes, prennent difficilement part aux travaux communs. Les fidèles qui montent sont rares. Tout le monastère est en décrépitude. Le retour de Dao-sheng, amenant avec lui une jeune recrue, est accueilli comme une bénédiction. A peine installés, tous deux se mettent au travail. Fentes et brèches dans les murs extérieurs sont à colmater, les fuites dans la toiture, à boucher. Autre urgence, le potager qui, en cette seconde moitié du printemps, attend réaména-

---

1. Sacrifices aux morts qui ont lieu le troisième mois.

gement et nouvelles plantations. Heureusement, Gan-er a des ressources inépuisables. Dao-sheng, lui, constate combien son énergie physique a diminué. Il n'est plus cet homme fonçant droit en avant, comptant sur son étoile, ou son cran, pour affronter le monde.

Pourtant malgré sa pâleur, il réussit apparemment à donner le change ; personne ne soupçonne qu'en lui, à la pointe du cœur, quelque chose ne cesse de pleurer, de saigner. Il est devenu, de fait, quelqu'un d'autre, un être dont il n'est plus capable de s'expliquer à lui-même, a fortiori, à autrui. Toutes les interrogations existentielles qui le taraudaient lui paraissent anodines. Sa vie est prise dans un autre enjeu. Un enjeu qui n'est fait que d'inconnu, qui lui assigne pour l'heure un devoir précis : attendre.

Les affres de l'attente, il les a connues pour les avoir vécues, il y a peu encore, au bourg, lorsque Lan-ying était malade, lorsqu'elle s'interdisait ou se voyait interdire de sortir. Telle une clepsydre, on comptait, goutte à goutte, les heures d'une journée, puis les jours et les nuits, incapable de penser à autre chose. Toutefois, la proximité de la personne aimée et l'espoir de se revoir prochainement rendaient la chose supportable.

Cette fois-ci, l'arrachement, l'éloignement, l'incertitude se liguent pour le plonger dans un état second, proche de l'hallucination. Impossible de les chasser, ces souvenirs trop vivaces : les traits de Lan-ying, ses faits et gestes, les regards échangés, les paroles dites. Les moindres détails d'une vie « partagée » pénètrent sa mémoire sensorielle avec une stupéfiante acuité. Le passé et le présent s'entremêlant, il vit, sans plus les distinguer, les deux modalités de l'espace-temps : « ici » et « là-bas ». Plus ou moins machinalement, il participe à toutes les tâches quotidiennes du monastère, ainsi qu'aux deux séances de prière collective. Mais son corps reste une plaie ouverte et se laisse envahir par des images qui l'avivent. « Soleil levant soleil couchant, lune cachée lune présente, ne jamais s'oublier ! », cette phrase résonne à ses oreilles, aussi intime qu'une chanson apprise dans l'enfance. Le matin, revenant du puits, il pose les seaux d'eau sur l'herbe encore mouillée de la rosée. A travers la brume, il plonge le regard vers la lointaine vallée, où serpentent d'interminables sentiers. Au bout de l'un d'entre eux, apparaît alors la silhouette de Lan-ying, qui se fait plus nette à mesure qu'elle s'approche. La voilà qui se tient dans l'embrasure d'une porte, sur fond de jardin, en sa robe bleu clair, souriant... Au crépuscule, après l'effacement du soleil derrière les sommets d'en face, il y a toujours une chaude lumière en retour, qui s'attarde sur les rochers escarpés des hauteurs. Il s'arrange, la séance de prière terminée, pour rester encore un instant. Assis seul, il voit marcher vers son étal Lan-ying, qui lui fait signe de la tête, le fixe du regard et qui, sans mot dire, s'éloigne...

La nuit est un passage qu'il appréhende de traverser. La bougie à la main, il entre dans sa cellule ; la flamme vacillante projette sur le mur son ombre dont la vue le déroute. Il garde l'habitude de dormir habillé. Appuyé contre son oreiller, sans s'étendre tout à fait, il tire la couverture à la hauteur de sa poitrine, ou de son épaule. Il demeure ainsi, essaie de ne pas s'énerver quand le sommeil ne vient pas. Il regarde passivement le dos de sa main posée sur la couverture, éclairée par la lueur qui vient de la lune ou des étoiles, une main à la peau tannée, trop rugueuse pour jouer à présent du violon. Invariablement, une autre main, singulièrement blanche par contraste, vient se poser sur elle, tendrement l'enveloppe, la réchauffe, immobile. Parfois, c'est l'inverse. A l'heure de la perdition, c'est sa propre main qui tente de rejoindre l'autre paume offerte, laquelle cède à sa pression, timide ou avide. Jouissance sans fond. D'autres images encore, incandescentes celles-là, lui transpercent le corps, images dans lesquelles il s'efforce de ne pas se complaire, pas plus qu'il ne cherche à s'en abstraire : de sa main, il masse la poitrine arrondie, et aspire de sa bouche les lèvres abandonnées... Mais la nuit le bouscule aussi par des éléments insoupçonnés. Dans l'espace nocturne, l'intrusion du dehors se fait plus violente. La montagne vide répercute les moindres sons, fait résonner le lointain dans le pavillon des oreilles avec une bouleversante netteté. Le vent répand le susurrement des feuilles qui chutent ; les chouettes crient leur solitude sans remède. Lorsqu'un orage s'annonce, le tonnerre fait vibrer les volets, de même le corps de celui qui écoute. Après un long silence où l'univers creux retient son souffle, que rompt un incongru tintement de cloche, la pluie, depuis le bord du ciel, arrive au galop. Elle tombe en cataractes, lesquelles propagent aussitôt leur senteur de racines et de mousses dans toutes les failles dont la montagne est porteuse. Fauves déchaînés, ou cœurs s'épanchant, qui n'en finissent plus de déverser au-dehors leur trop-plein de crève-cœur. Quand bien même leur force diminuerait, il y aura encore, pour les prolonger, mille cascades qui, de rocher en rocher, feront entendre les échos d'un chant inapaisable. Comme l'a dit le poète ancien, Dao-sheng sait que, dans la vallée, celle qui ne dort pas est aussi à l'écoute.

Avec le temps chaud, les pèlerins commencent à venir, de plus en plus nombreux. Au début, Dao-sheng a un pincement au cœur chaque fois qu'il voit apparaître quelqu'un sur le chemin. « Un messager qui vient du couvent ? » Question lancinante qui ne quitte jamais son esprit. Elle finit par lui causer trop de tourment. Afin de l'éviter, il apprend à s'intéresser aux gens qui viennent ; d'autant plus que parmi eux on compte des malades auxquels, assisté de Gan-er, il recommence à donner des consultations. S'intéresser aux gens pour eux-mêmes, n'est-ce pas ce que lui, médecin et devin, a toujours fait ? Vraiment avec humilité et compassion, comme le fait Lan-ying ? Rien n'est moins sûr. Il s'applique en tout cas à aviver en lui la sympathie dont il est capable, et il s'aperçoit, dans la situation présente, du bienfait que cela procure. D'une part, ce désir d'aller vers les autres le rapproche de Lan-ying et, d'autre part, il le distrait, jusqu'à un certain degré, de sa détresse. Le fait est là qui le happe : qu'au cœur de l'effrayante réalité humaine tant de personnes cherchent à acquérir sagesse et élévation, ne fût-ce qu'une once, il y a là, pour sûr, des trésors à explorer. Est-ce pour cela que l'étrange étranger est venu de si loin ? « Lui agit au nom de son seigneur du Ciel ; moi, peut-être dois-je agir au nom de ce qui m'a été donné. Chacun cherche sa forme d'accomplissement, selon sa ligne de destin ! »

Dao-sheng pose son regard sur ces femmes, âgées déjà, qui arrivent, essoufflées, mais gardant la dignité des humbles. Derrière leurs visages ridés, tavelés, combien de douleurs et de deuils assumés ? Elles ont des gestes simples, habiles, répétés au long d'une vie ; elles allument des bâtons d'encens, joignent les mains pour prier et remercient à voix chantante leur *Tai-*

shang-lao-jun[1]. Apaisées, presque enjouées, elles se mettent dans un coin de la cour, à se reposer, à papoter. Enfin, elles s'apprêtent à redescendre, avec la même dignité, peut-être plus dépouillée encore. L'une d'elles se détache, s'avance vers Dao-sheng et, d'une voix espiègle, dit : « Vénérable, vous qui habitez si haut, si près du Ciel, plaidez notre cause auprès du Maître céleste ! » Dao-sheng répond par un sourire. Au fond des yeux de l'autre, il voit la jeune fille au rêve inaccompli ; il reconnaît aussi la figure de sa propre mère dont il n'a plus gardé l'image.

Fête de la Lune, minuit. Du sommet de la voûte céleste, la pleine lune transforme la terre en une perle lumineuse. La passion humaine, cristallisée en perle elle aussi, irradie en cette nuit d'une clarté aussi précieuse que fragile. Les amants séparés, regardant à distance le même astre, n'ont pour se rappeler leur serment murmuré que leurs cœurs qui battent à l'unisson. Seul dans sa cellule, suffoquant de nostalgie, Dao-sheng touche le fond de la désolation. Tous les résultats acquis ces derniers temps pour se donner une paix précaire s'effondrent d'un coup. Il a envie de crier, de descendre sur-le-champ la montagne, de marcher, marcher et marcher, jusqu'à ce qu'il rejoigne l'aimée.

---

1. Maître suprême.

Il sort de sa pièce, se tient au centre de la cour, sans plus savoir que faire. Quelques glycines accrochées au mur lancent leurs insidieux parfums ; des grillons s'éternisent en des cris assoiffés. Tout suit son cours naturel, indifférent. Sous prétexte d'un besoin de thé, il va réveiller Gan-er, seul être sur terre avec qui maintenant il peut parler de Lan-ying. Avant de procéder à la préparation du thé, le jeune homme essuie longuement ses yeux ensommeillés. Son regard croise un moment la figure ravagée de Dao-sheng, qu'auréole la clarté lunaire. Ému aussi par cet instant divin où l'on aspire aux êtres chers, il demande :

– Cela fait des mois que nous sommes loin de Dame Ying. Quand donc va-t-elle nous faire un signe pour qu'on aille la revoir ?

– Oui, quand donc va-t-elle nous faire un signe ? Sans message d'elle, nous ne devons pas y aller. Elle l'a dit.

A la quatrième veille seulement, Dao-sheng regagne sa cellule. Il est fatigué, ne se résout pas pour autant à se coucher. Il s'agenouille au bord du lit, avec l'impression de veiller, à travers un rideau, sur Lan-ying. Il se met à lui parler :

« Jour après jour, mois après mois, une bonne partie de l'année est passée. Comme c'est dur, Lan-ying, d'être sans nouvelles de toi. Tu l'as dit, on se reverra un jour, il faut de la patience, je comprends. Je ne pense qu'à moi-même, toujours pressé d'avoir satisfaction, oubliant les coups et les outrages que tu as subis. Comment peux-tu te retrouver en si peu de temps ? Je comprends aussi tes autres tourments. Comment allons-nous nous retrouver ? Comment allons-nous continuer ? C'est une chose à laquelle je n'ose pas trop penser, tout en sachant qu'il faut y penser. Moi, un homme, fait d'un bois un peu brut, suis-je capable de réfléchir en finesse ? La pensée d'une femme est plus complexe, plus subtile. Elle touche pourtant plus souvent le vrai de la vie. Il convient, en effet, d'y entrer avec la patience nécessaire, avec toute la lenteur du monde. Mais encore une fois, en suis-je capable ? »

Ces paroles, toutefois, ont le don de le calmer un peu. Elles ouvrent un espace où prend essor le véritable dialogue. Il s'entend dire : « Oui, entrer dans la pensée de la femme ; entrer dans la pensée de Lan-ying. C'est ce que tu dois faire désormais ; c'est ce que désormais tu peux faire. » Plusieurs nuits de suite, assailli par les vagues d'une marée montante, l'homme dans l'attente ne met plus aucun frein à son désir de dire.

« Toi, femme à la ligne pure, douée d'une très grande douceur, mais dressée depuis l'enfance pour la soumission, soumise aux lois des hommes, à l'idée qu'ils ont formulée de l'être et des vertus de la femme, alors que la force enveloppante est en toi, qui tiens les deux bouts de la vie – sans doute as-tu besoin de temps pour surmonter la peur du regard et du dire des autres ?

Lan-ying, peut-être penses-tu que, charnellement, nous avons déjà connu, dans la privation même, une félicité insoupçonnée, et qu'au moment où je t'ai ramenée à la vie, nous avons atteint le point culminant d'une relation incomparable. Qu'après une telle intensité quasi surhumaine, il n'est pas possible de revenir en arrière, de tomber dans la grisaille du banal et du conventionnel ?

Lan-ying, peut-être que si tu as accepté de revenir au monde et d'y rester encore, c'est dans le dessein de m'apprendre à dialoguer, enfin véritablement, avec toi, non seulement par le corps, mais par l'âme. Comme l'étranger, tu crois à l'âme, n'est-ce pas, cette chose qui ne se détériore ni ne pourrit, seule capable de défier le temps. Il y a tant de choses entre homme et femme qui n'ont pas été dites et qui veulent être dites. Ce qui est à dire est l'infini même que l'éternité n'épuisera pas. Peut-être qu'en ce monde, tu attends que je sois suffisamment dépouillé de l'intérieur, suffisamment prêt à ce dialogue avant de me faire signe ?

Lan-ying, peut-être qu'avec ta croyance en la réincarnation, tu ne veux pas gâcher la chance de l'autre vie. Que tu attends l'autre vie pour tout recommencer. Non, pas recommencer, ce n'est pas le mot, mais plutôt commencer à nouveau, ou plus exactement encore, commencer à neuf et autrement. Dans l'autre vie, on n'attendra pas la fin de vie pour se retrouver, on sera ensemble dès le début, dès le premier regard et le premier sourire échangés, et on ne se quittera plus. Toute une vie à aimer d'amour en pleine connaissance de cause.

Pardonne-moi, Lan-ying, de toutes ces supputations. Sont-elles justes, ou totalement fausses ? J'ai abandonné la divination, n'écoutant plus que la voix du cœur. Je suis dans l'ignorance. Si tu le sais, dis-le-moi : qu'est-ce que le Ciel a prévu pour nous ? »

24

Après la fête de la Lune, survient celle du Double Neuf[1], qui marque le sommet de l'automne. Ce jour-là, tout le monde grimpe sur les hauteurs pour y respirer l'air frais, et cueillir les branches de *zhu-yu* en signe de confiance dans la marche de l'an. Car, à partir de là, son cours effectue sa descente vers l'enfouissement hivernal. La froidure, sans brusquerie excessive, étend par étapes son règne. Les arbres se dépouillent de leur habillage, traçant dans le ciel uniformément gris leur calligraphie aux traits essentiels. La vie des hommes, elle, devient chaque jour plus éprouvante. Hors du monastère, quand l'hiver s'installe enfin, on doit souvent balayer la neige pour que soit praticable le sentier qui mène au puits. Et, avant de puiser l'eau, on doit casser la glace qui encombre la margelle. Parfois, on peut s'offrir d'agréables surprises, tant il est vrai que l'hiver recèle aussi des sortilèges. Il suffit, par

---

1. Neuvième jour du neuvième mois.

exemple, de pousser plus loin, jusqu'à la grotte aux Immortels où, à la belle saison, les pèlerins venaient en masse pour brûler de l'encens et boire l'eau de la source miraculeuse. Au plus fort de l'hiver, comme pour consoler les humains délaissés, la grotte se mue en une présence féerique, avec son rideau de cristal formé par des stalactites. De l'intérieur de la grotte, où l'on jouit de la douceur, on peut, à travers ce rideau, contempler d'un autre œil l'immensité scellée de blanc qui s'étend en bas à perte de vue. En réalité, cette immensité scintille d'une flamme bleue ou rose, aussi ardente que les feux de l'été. L'âme en peine croit alors entendre une voix qui lui susurre à l'oreille : « Tout est métamorphose ; il y a merveille au sein de la désolation même. »

A l'intérieur du monastère, un feu est entretenu dans la salle de prière et dans la pièce commune. Aucun chauffage, en revanche, dans les chambres. Adossé à l'oreiller, tout habillé, sous une épaisse couverture de coton, Dao-sheng apprend à apprivoiser les longues nuits d'hiver. Il n'a plus la robustesse d'antan, se montre sensible au moindre changement de temps. Le moment le plus dur se situe entre la quatrième veille et l'aube, lorsque le sommeil le lâche et que le froid s'intensifie. C'est le moment où il a recours à la pièce brodée de Lan-ying qu'il sent contre sa poitrine. Il la presse de la main pour la sentir davantage. Il pense au poisson, à son évolution parmi les plantes aquatiques, à son approche de la fleur, orchidée ou lotus. Un sensuel ravissement se met à envelopper son corps, lui procure chaleur et apaisement. Ravissement parfois plus indicible, il ne doute pas alors qu'en douceur, en secret, l'âme de Lan-ying vienne se joindre à la sienne...

Le mouchoir parfumé qu'il possédait jadis et qui l'incitait à des caresses fiévreuses est-il définitivement oublié ? Il peut sans doute répondre « oui » sans trop se tromper. Ses prédispositions physiques et mentales ont fondamentalement changé. Si caresses il y a, c'est une main qui les prodigue à l'intérieur de lui, au niveau du cœur plutôt que de l'épiderme. Ressentant en lui cette main, non d'excitation mais de consolation, il veille jusqu'à l'aube, pur de toute anxiété. Ce qu'il redoute est plutôt le rêve qui, trop poignant ou trop « réel », le laisse chaque fois pantois au réveil. Comme lorsque Xiao-fang est venue lui dire que Dame Ying l'attendait dans la cour. Les prunus ayant fleuri dans la nuit, elle lui propose d'aller les admirer en pleine neige. Avec empressement, il répond : « Oui, je viens ! » Il se lève, s'arrange un peu, et se dirige vers la porte. « Mais ?... »

Réels pourtant sont les prunus en fleur. Leurs pétales, frémissant de fraîcheur, annoncent l'arrivée du printemps. Cette saison du renouveau, une fois là, ravive en lui la blessure. Revient par intermittence ce quelque chose qui, à la pointe du cœur, pleure, ou saigne. Toutefois, la nécessité, du côté du monastère, de restaurer le mur, le toit, de cultiver le jardin, l'oblige, comme l'an passé, à un certain oubli.

Peu à peu, le creux de la plaie se remplit d'une substance qu'il ne saurait qualifier. Qu'il ne cherche pas trop à cerner. Un mélange de regret, de nostalgie, de consentement et, peut-être, aussi étrange que cela puisse paraître, de « félicité ». Oui, félicité ; non pas, bien entendu, un sentiment béat de contentement, mais une sorte de douloureuse reconnaissance déjà maintes fois éprouvée, ici définitivement affirmée.

Reconnaissance pour ce qui est arrivé. A lui, à Lan-ying, à eux deux, dont cette montagne haut dressée, cette vallée étendue là-bas, cette vaste terre sont témoins. Qu'il ait vécu une expérience singulière, peut-être absurde mais sans pareille, qui peut en douter ? Dao-sheng est encore dans une immense attente ; mais pour un peu, il pourrait se dire qu'il n'attend rien, tant il a tout intériorisé. Ne lui suffit-il pas de plonger en lui pour tout retrouver ? Lan-ying y vit plus que jamais. Il ne monologue plus. Les paroles lui viennent chaque jour sous forme de conversation quotidienne avec elle, sans hâte et sans gêne, pleine de connivence. Dans la journée, alors qu'il lave les légumes, il lui arrive de dire : « Regarde, Lan-ying, ces frais *wo-ju* si tôt dans l'année ! » et de s'entendre répondre : « Mais oui, il suffit d'y ajouter un peu de bambou et de ciboulette ; tout le monde va aimer ça. »

Au déjeuner, maintes fois, il lève le bol rempli de riz et marmonne son rituel merci, et immanquablement il reçoit l'écho qu'heureusement personne d'autre n'entend : « Pas de quoi, c'est le Bouddha... »

Comment nier à présent que la femme soit devenue sa part la plus intime, la plus vivante. Il est habité par la charnelle certitude qu'il était né d'elle, qu'il avait grandi avec elle, qu'il vivait et vivra sans fin d'elle, de son regard, de sa voix, de sa chair, de son âme, de son indéfinissable parfum, plus secret que celui d'un lotus. Qui est-elle alors ? La mère ? La sœur ? L'amante ? Pourquoi chercher à préciser ? Il y a un seul mystère, le mystère du Féminin – que les taoïstes identifient au Val originel, à la fécondité sans fond, et ouvrant sur l'infini –, qui fait qu'on endure volontiers, toute une vie, gelée et froid, soif et faim, distance et attente. Avec la certitude que la félicité a été promise, qu'elle est depuis toujours, là. Oui, déjà là, c'est le mot. Sans ce « déjà là » qu'implique la vraie vie, Lan-ying aurait-elle pratiqué la charité avec tant de spontanéité ? Et ce sacré bonhomme d'étranger aurait-il risqué sa vie avec tant de détermination ? Peut-être, aux yeux des autres, est-ce de l'illusion ? Pour ceux qui le vivent, le vrai de la vie s'y vérifie, l'accomplissement du désir ne réside-t-il pas dans le désir même ? En tout cas, à son profit ou à ses dépens, Dao-sheng fait sienne cette idée, sachant pertinemment qu'il ne peut s'y soustraire. Tout le reste lui est insipide, insignifiant. Par étapes, il devient le contemplateur d'une passion mystique qui s'accomplit en lui et, dans le même temps, en avant de lui. Assis seul sur le muret qui borde le potager, il ne se complaît plus dans son ombre, ni dans un étroit enclos à deux. Il assiste, sans excessive stupéfaction, à l'apparition, devant ses yeux hallucinés, du pathétique couple que forment Lan-ying et Dao-sheng, incarnant à leur manière la loi des astres qui cherchent coûte que coûte à s'attirer, à se réunir. Ou, plus humblement, ils seraient les deux mûriers qui poussent là, et qui, racines nouées, boivent à la même source souterraine, perpétuant ainsi l'immémoriale aspiration de la terre, celle de ne jamais être déliée. Ou encore, plus incroyable, ils sont à l'image des présences éthérées qui emplissent l'espace et qui ne sauraient plus être divisées ; elles rappellent sans faille l'élan du Souffle primordial. Cette brume qui monte de la vallée, après avoir franchi les strates de verdures et de climats, rejoint les nuages planant haut, lesquels, plus tard, se transformeront en pluie pour reféconder la terre. L'impalpable rayon du couchant vient, non pour les abolir, mais pour souligner combien ils participent déjà des deux règnes, visible et invisible, fini et infini, avec ce qui ne cesse de jaillir d'entre eux.

Quinzième jour du huitième mois, à nouveau fête de la Lune. Au cœur de la nuit transparente, Gan-er demande quand il reverra Dame Ying. Au jeune homme, majeur maintenant, Dao-sheng dit cette fois sans ambages :

– Bientôt. Ou dans longtemps. C'est une question que je ne me pose plus. L'essentiel est que nous sommes déjà ensemble, aussi ensemble que si nous nous voyions. En cette vie et en une autre vie, âmes liées, à jamais inséparables. C'est un point dont Dame Ying est sûre. Quant à moi, j'en suis certain pour le vivre jour après jour. Ta mère par exemple, on dit qu'elle n'est plus de ce monde. Apparemment elle n'est pas là ; en réalité, pas un instant elle ne t'a quitté. Où tu vas, elle est, plus présente que jamais !

Ces mots lancés pour éclairer Gan-er se révèlent décisifs pour Dao-sheng lui-même. Il entre résolument dans une période ardente où se réconcilient élan spontané et désir comblé, espérance resurgie et fin d'attente. Toute anxiété calmée, toute frayeur vaincue, il s'adonne aux tâches monacales avec une régularité exemplaire et, dans le même temps, un extraordinaire esprit de détachement. Son énergie diminue, son visage s'émacie ; l'étrange lueur générée par un cœur exténué lui creuse les yeux et lui donne un teint un peu calciné. Le changement survenu du côté de son apparence, ce sont les autres qui le remarquent. Lui n'en a cure. En son âme, il demeure le même être de passion qui, à force de quêtes et de remous, a fini par devenir ce morceau de galet, battu, poli, mais irréductible.

A l'approche de l'hiver, un froid précoce s'installe. D'interminables journées de vent et de pluie ont raison de la santé de plusieurs moines âgés. Puis, au tour de Dao-sheng de tomber malade. Il traîne une toux tout l'hiver, aggravée par d'autres affections. Début du deuxième mois, un matin, revenant du puits, et portant le seau d'eau, Gan-er assiste enfin à la nouvelle éclosion des prunus qui parsèment le talus le long du sentier. Avec sa bonne humeur habituelle, il annonce à qui veut l'entendre : ouf ! le printemps est là. Ses cris précèdent son entrée dans la chambre de son maître. Voyant ce dernier, les yeux mi-clos, abîmé dans la méditation, de confusion il tire la langue et s'apprête à se retirer. Dao-sheng le rassure, disant que de toute façon il est temps qu'il se lève ; les gens ne vont pas tarder à monter au monastère le consulter.

L'après-midi est consacré, selon ses nouvelles habitudes, au repos. Il se lève seulement vers le crépuscule pour assister à la prière collective. Après quoi, il demeure seul. Depuis la salle, il jouit de la vue sur la lointaine vallée que la lumière du couchant nimbe d'une douceur extrême. Y serpente un chemin ; tout au bout, est assis Dao-sheng derrière un éventaire. A pas légers marche vers lui Lan-ying, rayonnante d'une grâce qui bannit toute tristesse. Elle s'arrête devant la table et dit : « Je t'ai fait beaucoup attendre. Nous allons enfin pouvoir nous revoir. »

La même nuit, une bougie à la main, Dao-sheng pénètre dans sa chambre. Ébloui par la clarté lunaire qui pulvérise les parois de la pièce, il souffle sa bougie, la pose sur la table. Il se tourne vers le lit, surpris de le voir entouré de présences féminines. Ce sont des nonnes dont une se retourne. Il reconnaît Xiao-fang qui, les larmes aux yeux, lui fait un signe. Il avance d'un pas et contemple Lan-ying endormie, le visage saisissant de paix, ou plus exactement, de cette bonté lumineuse dont tous les indigents ont gardé souvenance. Combien de temps a duré la vision ? Un instant ? Une éternité ? Dao-sheng ne le sait. Étreint par l'émotion, il sent son cœur se vider, et il tombe à genoux au bord du lit.

Le lendemain, il dit simplement à Gan-er :

– Ramassons nos affaires, nous allons descendre aujourd'hui même.

– Ah, quelle bonne nouvelle ! nous allons revoir Dame Ying !

– Revoir Dame Ying, c'est cela. Pendant que son corps est encore de ce monde.

– Que dis-tu là, maître ?

– Gan-er, écoute-moi bien. L'âme de Dame Ying m'a visité hier au soir ; elle m'a annoncé son grand départ, c'est ce que j'ai compris. Nous allons descendre sans tarder !

Après avoir pris congé des autres moines, abasourdis par sa brusque décision, Dao-sheng, suivi de Gan-er, prend la route, un long bâton à la main en guise de canne. Le sentier, au sortir de l'hiver, n'a été que grossièrement remis en état par les pèlerins. Dao-sheng peine à avancer.

Dès le départ, il s'est senti gagné par la faiblesse. Cette faiblesse lui vient d'un corps trop longuement travaillé de l'intérieur, d'un cœur atteint soudain de vacuité. Mettant un pied devant l'autre, évitant le piège des ornières, il n'est parvenu à mi-pente qu'aux environs de midi. Pris d'un vertige, il cherche des yeux un point d'appui et repère au bord du chemin, dominant la vallée, le gros rocher plat, verdi par les aiguilles tombées du vieux pin. Vieille connaissance ! Ne s'était-il pas assis dessus une fois ? C'était quand déjà ? S'en souvient-il seulement ? Ah, il y a si longtemps, presque en une vie antérieure ! Mais non, c'était il y a six ans ou plus, lorsqu'il descendit la montagne pour se rendre au bourg. C'était bien là que tout a commencé...

Il se débarrasse de son bâton, se courbe pour s'asseoir sur le rocher à l'aide de ses deux mains. Reprenant souffle, il s'adresse à son disciple :

— Gan-er, comme tu vois, je ne peux plus avancer ; va en bas chercher une chaise pour me transporter.

Seul à présent, il s'adosse au vieux pin, cale son dos dans le creux du tronc. Quoique respirant péniblement, il se ressaisit. Une fois encore, une fois de plus, il pose son regard sur la vallée, aussi loin que possible, là, à l'extrémité, où semble s'élever une fumée bleue. C'est l'heure où l'après-midi commence. A travers la senteur des conifères et le bourdonnement des abeilles, la saison relance son cycle de nouvelles promesses. Entre ciel et terre, entre les nuages qui voguent et les collines qui moutonnent circule sans faille le souffle rythmique, que les aigles planant haut traduisent en de superbes arabesques. Une ultime et suprême lucidité lui revient : « Ah ! toujours ce monde foisonnant, bigarré, avec sa magnificence étalée. Pourtant, on vient dans ce monde pour un seul visage. Ce visage, une fois vu, ne peut plus être oublié. Sans ce visage, le monde foisonnant, n'est-ce pas, ne prend pas durablement saveur ni sens. Alors qu'avec le regard et la voix qui en émane, tout prend à jamais saveur et sens. Oui, sans l'être aimé, tout se disperse, avec l'être aimé, tout se retrouve. En cette vie, en l'autre vie, tant que la vie est vie... »

Un nouveau vertige vient le frapper, en plein front, sans concession cette fois. Sentant son corps le lâcher telle une dépouille, il ferme les yeux, sans doute pour ne plus les rouvrir. A cet instant précis, éclôt son troisième œil, celui de la Sapience, qui à sa place dévisage l'infini et proclame d'une voix ferme : « Lan-ying, nous voilà ensemble. Bien sûr, nous le sommes depuis longtemps, mais il s'y mêlait encore, comme malgré nous, tant de troubles, de craintes, de blessures, de scories, de fausses joies, de vrais remords. Maintenant nous entrons dans le mystère du pur jaillissement, du pur échange. Il a fallu pour cela traverser le tout. Nous avons appris à être ensemble, nous aurons à vivre ce qui est appris, indéfiniment, tout chagrin lavé, toute nostalgie bue. L'éternité n'est pas de trop. Je viens ! »

De ce vaste monde-ci Dao-sheng n'entend probablement plus rien, n'a plus besoin d'entendre. Pourtant, une voix monte encore de la vallée ; c'est celle du fidèle Gan-er. Il crie :

— Maître, le messager qui vient du couvent est là. Nous montons !

J'ai commencé la rédaction de cet ouvrage, en novembre 2000, à la Villa Mont-Noir, Centre départemental de résidence d'écrivains européens. J'y ai bénéficié de conditions de travail particulièrement favorables, et je tiens à exprimer ici toute ma gratitude.

DU MÊME AUTEUR

Grand Prix de la francophonie
de l'Académie française 2001

Roman

LE DIT DE TIANYI, Albin Michel, prix Femina, 1998.

Essais et traductions

L'ÉCRITURE POÉTIQUE CHINOISE, Éditions du Seuil, 1977, 1996.
VIDE ET PLEIN, LE LANGAGE PICTURAL CHINOIS, Éditions du Seuil, 1979, 1991.
SOUFFLE-ESPRIT, Éditions du Seuil, 1989.
ENTRE SOURCE ET NUAGE, LA POÉSIE CHINOISE RÉINVENTÉE, Albin Michel, 1990, 2002.

Livres d'art, monographies

L'ESPACE DU RÊVE, MILLE ANS DE PEINTURE CHINOISE, Phébus, 1980.
CHU TA, LE GÉNIE DU TRAIT, Phébus, 1986, 1999.
SHITAO, LA SAVEUR DU MONDE, Phébus, prix André-Malraux, 1998.
D'OÙ JAILLIT LE CHANT, Phébus, 2000.
ET LE SOUFFLE DEVIENT SIGNE, Iconoclaste, 2001.

Recueils de poésie

DE L'ARBRE ET DU ROCHER, Fata Morgana, 1989.
SAISONS À VIE, Encre marine, 1993.
36 POÈMES D'AMOUR, Unes, 1997.
CANTOS TOSCANS, Unes, 1999.
DOUBLE CHANT, Encre marine, prix Roger-Caillois, 1998, 2000.
QUI DIRA NOTRE NUIT, Arfuyen, 2001.

Cet ouvrage, composé
par I.G.S. - Charente Photogravure
à L'Isle-d'Espagnac,
a été achevé d'imprimer sur Roto-Page
par l'Imprimerie Floch à Mayenne,
pour les Éditions Albin Michel
en décembre 2001.

N° d'édition : 20256.
N° d'impression : 53066.
Dépôt légal : janvier 2002.
Imprimé en France.